KB075815

김도은
푸드 브랜드 디렉터, 푸드 콘텐츠 크리에이터.
잡지 에디터로 일을 시작해 음식 콘텐츠를 만들 때 가장 즐겁다는 것을 깨닫고 이후 꾸준히 음식과 콘텐츠를 넘나들며 일하고 있다. 한국 최초의 라이선스 푸드 잡지 『올리브 매거진 코리아』를 창간, 편집장으로 일하다가 오래 지속 가능한 콘텐츠를 만들고 싶어 출판사로 이직했다. 문학동네 임프린트 '테이스트북스'를 론칭하고 음식을 둘러싼 수많은 이야기를 기획·편집했으며 음식과 관련한 다양한 이벤트를 기획·브랜딩했다. 음식을 둘러싼 더 폭넓은 세계를 경험하고 싶어 또 다른 분야로 이직해 현재 F&B 브랜드 마케터로 일하고 있다.

음식의 말들

음식의 말들

맛볼수록 넓어지는
세계에 관하여

김도은 지음

들어가는 말
영원히 질리지 않을 취향과 즐거움에 관하여

『음식의 말들』은 취향에 관한 얘기다. 좋아하는 음악·운동·영화에 대해 얘기하듯, 좋고 싫은 것이 비교적 분명한 내 음식 취향에 대한 말들이다.

소비에 치중한 날들을 보냈고, 음식의 세계는 너무나 광범위해서 처음에는 그저 막막했다. 그런데 막상 원고를 쓰기 시작하니 마치 엉키고 얽혀 있던 실타래를 풀어 나가듯 음식에 대한 기억의 실이 끝도 없이 술술 풀려 나왔다. 사라졌다고만 생각했던 것들이 나도 모르는 사이 각인되어 있었던 것이다. 도르르 풀린 실을 쓰기 좋게 감아 냈지만 음식에 대한 인용을 통해 풀어내야 하는 '문장 시리즈'의 구성과 분량의 제약으로 인해 풀지 못한 실타래가 여전히 남았다.

음식에는 늘 진심이었다. 함께 먹을 때는 상대의 취향과 기호를 고려해 메뉴와 식당을 정한다. 혼자일 때도 밥을 짓고 국이나 찌개를 공들여 준비한다. 새로운 식재료와 도구는 먼저 사용해 보려고 노력한다. 여행의 중심에는 언제나 미식이 있다. 전 세계 어떤 서점을 가든 요리책 코너부터 돌아본다. 365일 먹는 것을 생각한다.

병원 진료 후 참새방앗간처럼 들르던 유치원 시절의 롯데리아, 같은 반 친구들이 더 좋아하던 초등학교 시절 엄마의 도시락과 간식, 뉴질랜드에서 마오리족과 함께 한 바비큐 파티, 혼자라도 좋았던 브루클린의 피터루거 스테이크, 함께여서 가능했던 두 시간 대기 끝의 오키나와 소바, 2만 보를 찍었던 로마의 미식 투어, 생경한 식문화를 경험한 자카르타의 스트리트 푸드……. 좋았던 순간에는 늘 음식이 있었다. 100개의 얘기를 풀어 가는 동안 사랑했고, 사랑받고 있었음을 문득 깨달았다.

맛있는 음식이란 무엇인가. 맛있는 음식을 만나는 건 와카티푸호수 4천 피트 위 구름 한가운데에서 뛰어내렸던 스카이다이빙의 순간 만큼이나 강렬하다. 맛있는 음식을 결정 짓는 기준과 가치는 개인의 미각과 기호일 것이다. 그 미각과 기호는 시간과 경험에 의해 변화를 거듭한다. 예전에는 먹지 못했던 음식을 지금은 먹을 수 있는 것처럼, 지금 먹는 음식을 언젠가는 먹지 않는 날이 있을지도 모른다. 앞으로 어떤 음식을 알아 가고 추억을 쌓아 가게 될지, 내 미식 생활을 가두지 않은 채 흥미진진하게 기다릴 참이다. 그리고 먹고 나누는 음식의 향유를 앞으로도, 오랫동안 누리고 싶다.

한국 외식 시장의 변천사를 돌아보면,
1990년대는 패밀리 레스토랑이 활황을 누리던
때였다. 색다른 음식이 많지 않았던 시절,
사람들은 패밀리 레스토랑에 환호했다.
그러나 이제 사람들은 더 이상 패밀리
레스토랑에 가지 않는다. 어느 지점에서나
먹을 수 있는 똑같은 메뉴를 제공하는
곳이라면, 그곳은 셰프가 있는 공간이 아니기
때문이다.

정하봉, 『삶에는 와인이 필요하다』(아르테, 2018)

30년 전인데도 기억이 또렷하다. 한국 최초 패밀리 레스토랑 '티지아이 프라이데이스'TGI Fridays가 양재동에 문을 열던 날. 지금으로 말하면 '오픈 런'● 행렬이 엄청났다. 서양식을 즐길 식당이 많지 않았고 해외여행도 일반적이지 않던 시절이었다. 무려 두 시간 가량 대기해 들어간 곳에서 마주한 광경은 한마디로 문화 충격이었다. 거대한 음식과 접시, 서버들의 퍼피독 서비스●●와 생일 축하 퍼포먼스까지……. 이제껏 먹어 보지 못한 메뉴는 또 어떤가. 아기 얼굴만 한 감자를 반 가른 뒤 두툼한 베이컨과 치즈를 얹어 구운 '포테이토 스킨'은 특히 천상의 맛이었다. 그 화려함에 반해 매주 아빠를 졸라서 매장 앞에 줄을 섰다. 오랜 시간의 대기도 지루하기는커녕 마치 다른 세상에 온 듯 즐거웠다.

이곳의 음식 중 한 가지를 특히 좋아했다. 치아에 붙을 정도로 끈적거리는 따뜻한 캐러멜소스와 풍성하고 기름진 크림, 풍미가 진한 바닐라 아이스크림, 달콤하면서도 씁쓰레하고 촉촉하면서도 포슬포슬한 초콜릿 케이크를 넓적한 유리볼에 한데 담아낸 디저트였다. 한입 먹으면 진한 단맛에 몸서리가 쳐질 정도였지만 포기할 수 없었다. 이후 '플래닛 헐리우드' '마르쉐' 등 수많은 브랜드가 개점과 폐업을 반복했고, 그 시절의 패밀리 레스토랑은 티지아이 프라이데이스만 남았다.

공교롭게도 점심 시간에 자주 가던 아울렛에 티지아이 프라이데이스가 입점했다. 이곳을 지나쳐 갈 때면, 오랜만에 눈을 감고 그 시절 내가 좋아했던 것을 떠올려 본다. 컵에 흘러내릴 정도로 잔뜩 뿌려진 캐러멜, 얼른 떠서 입에 넣으면 입술과 치아에 들러붙어 끈적이던 그 감촉을.

● 개점하자마자 들어가기 위해 줄을 서는 것.

●● 종업원이 손님에게 주문을 받을 때 무릎을 꿇고 눈을 맞추는 서비스 방식.

편의점에 가니 새벽 2시가 넘어서야
보졸레 누보가 도착한다고 하여 우리는
일단 기다리는 동안 예열이나 하자며
적당히 마음에 드는 와인을 한 병 골라서
우리 집으로 왔다.

조진국, 『외로움의 온도』(해냄, 2012)

1999년부터 국내에 유통된 이후 몇 년간, 보졸레 누보 예약이 중요한 연례행사였던 적이 있다. 1985년 프랑스 정부에서는 11월 셋째 주 목요일 자정을 보졸레 누보 판매 개시일로 정했는데 시차 탓에 우리나라에서는 프랑스보다 8시간 먼저 맛볼 수 있었다.

프랑스 보졸레 지방의 햇포도를 수확해 만든 와인을 보졸레 누보라고 한다. 보졸레 지역에서 생산한, 과일향이 풍부하고 짙은 적포도 빛이 잘 살아나는 품종 '가메'를 수확한 뒤 으깨지 않고 송이째로 4~6주 정도 속성으로 숙성하여 만든다. 보통 라이트나 미디엄 보디가 대부분이며 타닌은 과하지 않고, 단맛과 딸기 · 체리 · 건포도 등 과실 향이 두드러지는 편이다. 차갑게 해서 꿀꺽꿀꺽 마시는 테이블 와인으로 적당하다.

2000년대 중반 이후 와인 시장이 급속도로 커지고 나 역시 다양한 와인을 접하며 자연스레 보졸레 누보를 찾지 않게 됐다. 그해에 수확한 포도 상태를 파악하는 지표가 되는 저렴한 와인에 프리미엄 이미지를 붙인 마케팅에 대한 거부감도 한몫했다.

예전 같지는 않지만 지금도 10월이 되면 보졸레 누보의 예약이 시작되고, 애호가들도 여전히 존재한다. 나는 내추럴 와인 애호가가 된 이후 보졸레 누보를 새롭게 바라보게 된 경우다. 보졸레 누보는 최근 몇 년 사이 전통적인 방식으로 만드는 생산자들이 늘었다. 인공 효모를 사용하지 않으니 본연의 향이 더욱 살아나 햇와인으로 보졸레 마을 주민들이 잔치를 벌이던 1970년대 이전의 맛에 가까워졌고, 2030 파리지앵들에게 인기를 끌고 있다. 매년 셋째 주 목요일이면 프랑스 상점에는 "Le Beaujolais Nouveau Est Arrivé!"(보졸레 누보가 막 도착했어요!)라는 문구가 일제히 내걸린다.

올해는 오랜만에 보졸레 누보를 예약할 작정이다.

우리는 둘 다 태생이 '가급적' 같은 인간들이다.
한쪽이 '그래도 오늘은 좀 마시자'고 말하면,
안 된다고 엄격하게 선 긋는 척하다가
어느 순간 슬그머니 '그럼 그럴까?' 쪽으로
돌아서는 것이다. 글러먹었다.

003

김혼비, 『아무튼, 술』(제철소, 2019)

제주 여행의 끝인 일요일 오후였다. 김포행 저녁 비행기를 타기 전, 렌트카를 반납하러 가는 길이었다. 남자친구는 운전 중이었고, 제주시에 있는 '맥파이'를 지나고 있었다.

조수석에 탄 내가 말했다.

"여기서 딱 맥주 한 잔만 하고 갔음 좋겠다. 아쉬워."

"아, 내일 오전에 미팅 있는데."

그는 1분 정도 고민하는가 싶더니 갓길에 차를 세우고 당장 체크인 가능한 호텔을 알아보기 시작했다. 한 잔이 한 잔으로 끝나지 않는다는 걸, 말하지 않아도 우린 너무 잘 알았다.

그는 맥파이에 나를 내려 준 뒤 렌트카를 반납하러 갔다. 그가 돌아오기를 기다리며 난 항공권 예약을 변경했다. 맥파이에서 시작된 술은 곧이어 근처의 '제주맥주'로 이어졌고, 월요일 김포행 첫 비행기에 몸을 실었다.

우리는 자주 그런 식이었다.

오래 직장 생활을 하면서 독신으로 지냈으니,
먹는 거 빼면 달리 큰 즐거움이 없었다. 맘대로
쓸 수 있는 돈도 꽤 있는 편이었고. 그래서
맛집을 기웃거리는 데 적지 않은 열정을 바쳤다.
요리책도 산더미처럼 사들이고, 요리 도구들도
끊임없이 모았다. 찬장 안은 전 세계 식료품과
조미료와 향신료로 가득했고, 거대한 냉장고는
언제나 꽉꽉 들어차 있었다. 흥이 나면
만두피와 면까지 뽑은 인간이었다. 나는.

이나가키 에미코, 『먹고 산다는 것에 대하여』(김미형 옮김, 엘리, 2018)

관심사의 폭이 넓고 호기심이 많으며 디깅하는 성향에다 행동력도 있다. 그런 탓에 음식에 대한 관심사가 빈번하게 바뀐다. 요리책을 모으던 시절도, 온갖 기계와 조리 도구를 사던 시절도, 소스와 향신료에 빠져 있던 시절도 있었다. 세계 각지 앤티크 시장과 가게들을 돌아다니며 그릇을 사서 이고지고 들고 온 탓에 어지간한 스타일리스트 못지않게 소품을 풍족하게 갖추기도 했다. 원하는 것은 직구든 직접 현지에 가서든 끝내 갖고 말아야 직성이 풀렸다.

그릇이나 커트러리는 한 벌씩 샀다. 결혼하면 남편과 사용할 요량으로 모았는데, 여전히 혼자 살고 있으니 물건의 부피만 차곡차곡 늘어 갔다. 몇 년 전 미니멀리즘에 빠져 많은 것들을 처분했음에도 도저히 버릴 수 없어서 갖고 있는 것들이 꽤 많다. 물론 앞으로도 언제 사용할지 모른다. 농담 반 진담 반으로 "지금 내가 죽는다면, 가장 아쉬운 건 그릇들을 써 보지도 못한 것"이라고 말한 적도 있다.

그릇도, 커트러리도, 테이블 매트도, 조리 도구도 모두 트렌드가 있다. 당시에는 너무나 아끼던 것들인데 시간이 지나니 촌스러워져 식탁에 올려 보지도 못한 채 버린 것도 있다. 얼마 전 그릇장을 정리하면서 꺼내 보니 새것이지만 색과 소재는 유행이 지났고, 패브릭은 살짝 빛이 바랬다. 광이 나던 커트러리는 반짝임이 덜했다. 나의 물건들도 어느새 나이가 들어 버렸다.

이제 아끼지 말고 자주 사용하자, 닦아 주고 관심을 갖고 사용해 주자, 라고 마음먹어 본다.

저걸 왜 먹나 싶었다, 어릴 적에는.
가지 요리라면 가지나물밖에 몰랐으니까.
그 가지나물의 맛을 알아본 순간,
나는 비로소 어른이 되었다고 생각했다.

005

천운영, 『돈키호테의 식탁』(아르테, 2021)

가지를 혐오하던 내가 어느덧 가지를 즐기다니, 진짜 어른이 됐다. 서양식 가지 요리를 먹게 되면서 마침내 가지의 맛을 알았다. 시행착오 끝에 만든 아끼는 레시피를 공개한다. 가지를 싫어하는 사람들은 물론 색다른 가지 요리를 원하는 사람들에게도 좋은 선택이 되리라 자신한다. 샐러드 스타일의 이 가지 요리는 가벼운 식사로도, 와인 안주로도 좋다.

리코타가지샐러드

재료 가지 2개, 굵은 소금 ½작은술, 리코타치즈 50그램, 호두 30그램, 이탈리안 파슬리 2줄기, 후추 약간

(절임 양념) 올리브유 4큰술, 화이트와인식초 2큰술, 조청 1큰술, 파프리카 가루 ½큰술

(양념) 레몬즙 1½큰술, 간장 1큰술

① 가지는 흐르는 물에 씻은 뒤 2.5센티미터 두께로 도톰하게 썰고 굵은 소금을 뿌려 10분 정도 절인다.

② 호두 30그램은 볶거나 오븐에 구운 뒤 살짝 식혀서 잘게 부순다.

③ 볼에 절임 양념 재료를 넣고 섞는다.

④ 절여 둔 ①의 가지는 물에 한 번 헹군 뒤 살짝 짠 다음 키친타월로 물기를 거두고 절임 양념을 부어 고루 섞는다.

⑤ ④를 섭씨 200도로 예열한 오븐에 15분 정도 익힌다.

⑥ 작은 볼에 양념 재료를 넣고 잘 섞는다.

⑦ 이탈리안 파슬리 2줄기를 2센티미터 길이로 자른다.

⑧ 15분 지나 가지를 위아래로 한 번 뒤집고 섭씨 170도로 낮춰서 5~10분 더 익힌다.

⑨ ⑧의 가지를 꺼내 살짝 식힌 뒤 ⑥의 양념을 부어 가볍게 섞고 리코타치즈 50그램을 스푼으로 떠서 올린다.

⑩ 호두를 뿌리고 이탈리안 파슬리를 올린 뒤 후추를 뿌린다.

따끈한 수프는 경양식 집 에피타이저로
식사의 시작을 알린다. 음식을 기다리며 간단히
맛보는, 허기와 기다림을 달래 주는 중요한
음식이다. 하지만 지금 대부분 경양식집에서는
수프를 직접 만들지 않는다.

006

조영권, 『경양식집에서』(린틴틴, 2021)

어린시절 우리 가족의 단골 외식 장소는 경양식집이었다. 메인 요리를 주문하면 전식으로 뭘 먹을지 골라야 했는데 두 가지 단계가 있었다. 밥 또는 빵. 크림수프 또는 야채수프. 그날의 기분에 따라 돈가스 또는 정식을 번갈아 시켰고 돈가스를 먹을 때는 밥과 크림수프를, 정식을 먹을 때는 빵과 야채수프를 짝지어 먹었다. 작고 낮은 편편한 접시에 납작하게 펴 준 밥을 나이프와 포크로 먹을 때면 마치 어른이 된 듯한 기분이 들었다. 돈가스는 얇고 파삭하면서도 소스를 잔뜩 머금어 촉촉했다. 수프는 경양식집에서 직접 만들었는데 월계수 잎을 넣고 맛을 낸, 토마토 맛이 강한 야채수프를 좋아했다. 그때의 크림수프는 가끔 찾을 수 있는데 이 야채수프는 맛볼 수 없어서인지 가끔 생각이 난다.

내 경양식 사랑은 더 어린 시절로 거슬러 올라간다. 외삼촌들은 결혼 전 경양식집에서 데이트를 즐겨 했는데 어느 날 데이트에 데려간 다섯 살 조카가 수프 그릇을 핥아먹어서 만난 지 얼마 안 된 여자친구 앞에서 창피해했다는 일화가 있다.

양식 문화는 일본을 거쳐 우리나라에 정착하면서 '인심 좋게' 바뀌었다. 우리는 메인 메뉴를 시키면 반찬이 따라 나오는 것은 물론 리필까지 해 주는 민족 아니던가! 돈가스와 함께 차려지는 음식이 얼마나 많았는지. 빵 또는 밥, 수프 그리고 사이드로 단무지·양배추 샐러드·마카로니 샐러드·당근이나 감자 구이 또는 매시드 포테이토. 여기에 커피나 주스, 아이스크림 등 후식까지가 '국룰'이었다.

가끔 그 옛날 돈가스가 먹고 싶어 옛날식 경양식집을 찾아가 본다. 갈 때마다 실망하고 나오는데, 경양식집들이 그 시절의 돈가스를 이제 더 이상 재현해 내지 못하는 것일까, 아니면 내 입맛이 아직 그 시절에 머물러 있기 때문일까.

가장 알기 쉬운 건
함께 밥을 먹어 보는 거야.

007

요네하라 마리, 『미식견문록』(이현진 옮김, 마음산책, 2009)

사귈 사람인지 파악하는 데는 1분이면 충분하다는 말을 하고 다닌다. 신기하게도 1분간의 판단을 거쳐 사귀게 된 사람과의 식사는 시간이 한참 지나도 거슬린 적이 없었다. 이를 테면 음식물을 쩝쩝거리며 씹는다거나, 지나치게 소식을 한다거나, 반찬 그릇을 젓가락으로 자기 쪽으로 끌고 간다거나 하는 눈살을 찌푸리게 하는 행동이나, 술을 마시지 않는 등 나와 다른 식사 스타일이 사귀는 동안 단 한 번도 불거진 적이 없다.

10년이 훌쩍 넘었지만 함께 일하던 사진가가 한 말이 여전히 기억에 남아 있다. 여자친구와 헤어질 때가 되면 갑자기 어떤 소리가 들린다고 했다. 그게 뭐냐고 물었더니 "상대의 김치 씹는 소리"라고 했다. 어느 날 상대방이 김치를 씹는 소리가 크게 들리기 시작하면 걷잡을 수 없이 거슬리고 정이 떨어지면서 헤어지게 되는 수순을 밟게 된다고. 당시에는 그게 헤어질 일인가 싶어 놀라웠고 무척 예민한 사람이라고 생각했던 것 같다.

사회에서 만나 오랫동안 가까이 지낸 친구가 있었다. 그는 밥 먹을 때 유난히 쩝쩝거리는 소리를 냈고, 매번 그와의 식사가 불편했지만 사이가 멀어질 때까지 말하지 못했다.

가족의 다른 말은 식구食口다. 함께 밥을 먹는 식구와 매일 마주하는 순간이 거슬리는데 하물며 다른 부분은 괜찮을까. 많은 사람들이 중시하는 '개그 코드'보다 훨씬 더 중요하게 여겨야 할 코드는 '식사 코드'가 아닐지.

좋은 습관보다 거슬리는 습관이 없는 사람과의 만남이 오래가는 법이다. 식사 코드를 조금 더 중요하게 봐야겠다.

어느 집이든 냉장고에 늘 들어 있는
식재료인 '달걀'은 식탁에 매일 올라올
정도로 인기가 많습니다.

달걀과학연구회, 『매일매일 달걀요리』(김수연 옮김, 시그마북스, 2022)

달걀의 비린 맛을 싫어하고 익히지 않은 달걀을 먹지 못하는 나는 국물에 날달걀 넣는 것을 좋아하지 않는다. 달걀을 완전히 익히지 않고 조리를 끝내거나 조리가 끝난 상태에서 날달걀을 넣어 살짝 데우는 정도로 마무리하는 경우가 많기에 이런 음식을 마주할 때면 무척 고통스럽다. 달걀을 휘휘 저으면 달걀이 국물에 실처럼 풀어지면서 그 비린 맛이 모든 것을 지배한다. 국물 속 무엇을 먹어도 비리고 비위가 상한다.

칼국수·떡국·라면 등을 끓일 때도 달걀을 풀어 넣는 일은 거의 없다. 지단으로 익혀서 고명처럼 올리거나 정말 가끔 먹고 싶은 날에는 휘젓지 않고 그대로 익힌다. 콩나물국밥·순두부찌개·비빔밥 집 테이블 위에 놓여 있는 날달걀에는 손도 대지 않는다. 선택의 여지 없이 뚝배기에 날달걀을 넣고는 익히지 않은 채 나오는 음식을 마주할 때면 난감하다. 터지지 않게 조심히 건져내곤 한다.

우리나라에선 외식을 할 때 달걀 '익힘' 정도를 선택할 수가 없지만 해외에서 달걀 요리를 주문할 때는 다양한 '익힘' 단계 가운데 골라 요청할 수 있다. 달걀 프라이의 경우 한 면만 익힌 서니사이드업Sunny side up·양면을 익히지만 반숙 상태인 오버 이지Over easy·노른자가 반 정도 익은 상태인 오버 미디엄Over Medium·완숙인 오버 하드Over hard를 선택할 수 있다. 삶은 달걀일 경우 수란은 포치드 에그Poached egg·반숙은 소프트 보일드Soft boiled·완숙은 하드 보일드Hard boiled라고 한다.

요리 전에 달걀의 조리 상태를 미리 선택할 수 있게 알려 주고, 먹는 사람도 당당히 요구할 수 있기를 기대한다.

엄마에게 감사한 것 중 한 가지. 달걀을 기호에 맞게 완전히 익혀 주고, 노른자를 골라내고 흰자만 먹어도 타박하지 않은 것.

어린 시절의 미각을 떠올려 보자.
최소한 십대 중반 무렵까지는 단맛에
황홀한 쾌감을 느끼지 않았는지.

009

박은주 외, 『설탕』(김영사, 2005)

쓴맛·떫은맛·매운맛에 눈을 뜬 이후로 단맛을 더 이상 찾지 않게 됐다. 지금은 단맛을 좋아하지 않는다고 말할 수 있다. 단맛이 나는 음료나 술을 싫어하고 설탕이나 꿀 등도 웬만하면 요리에 사용하지 않는다. 어릴 때는 초콜릿·사탕·캐러멜 등을 물고 잘 정도로 좋아했던 내가 어느 순간부터 단맛을 멀리하게 된 걸까.

당류의 맛을 단맛이라고 한다. 사탕수수에서 설탕을 추출하기 전까지 단맛을 내는 재료로는 꿀이 유일했다. 이후 설탕·과당·인공감미료까지 단맛을 내는 재료가 무수히 늘었다. 당은 체내에서 빠르게 에너지원인 당으로 전환돼 운동 시 피로회복에 좋고, 세로토닌이 분비돼 기분을 좋게 만든다. 단맛은 중독될 수 있는데 단맛에 중독되면 단것에 대한 기대치가 점점 올라가고, 더욱 더 단 것을 먹어야 달게 느껴진다.

단맛은 원초적이며 매력적이지만 쉽게 질린다. 짠맛, 쓴맛이 함께 조화돼야 음식을 맛있게, 오래 먹을 수 있다. 어느 순간부터 단맛으로만 다가오는 사람은 피하게 된다. 달기만 한 관계는 오래 지속되기 힘들다고 믿는다. 단맛으로 시작된 관계에서 문득 예고 없이 쓴맛이 나타나면 더욱 더 쓰디쓰게 느끼는 탓이기도 하다.

영화 『달콤한 인생』을 좋아한다. 쓰라린 경험을 했을 때, 아무런 문제가 없던 나날들이 달콤했던 순간이었다는 것을 비로소 깨닫게 된다. 어릴 적 먹었던 솜사탕을 행복하게 추억하는 이유는 이후에 맵고 쓰고 떫은 맛을 경험했기 때문일지도.

마음이 기쁠 때 어떤 사람은 더 많이 먹는가
하면, 어떤 사람은 덜 먹습니다. 슬프거나 화가
날 때 음식을 먹는 사람들이 있습니다.
이는 자신의 감정을 먹어치우는 행위로 그런
감정이 사라지기를 원하기 때문입니다.

010

틱낫한, 『틱낫한의 먹기 명상 How to eat』(진우기 옮김, 한빛비즈, 2018)

의학박사 에머런 메이어의 『더 커넥션』에 따르면 뇌와 소화기관은 서로 복잡하게 연결되어 있는데, 뇌와 장 사이의 소통에 문제가 생기면 장은 음식물 소화에 쓸 에너지까지 끌어모아야 해서 위나 장에 있는 음식물을 설사를 통해 내보낸다고 한다. 저자 에이런 메이어는 스트레스를 받거나 분노하거나 슬플 때는 먹지 말라고 권한다. 부정적인 마음 상태가 장내 미생물군에 부정적인 영향을 미치고 입력되어 반복 재생되기 때문이다.

몇 년 전 먹기 명상 수업에 몇 차례 참여한 적이 있다. 눈을 감은 채 수업이 시작된다. 선생님이 무언가를 입 속에 넣어 주면 5분간 그 음식을 섬세하게 굴리고 천천히 씹고 삼키면서 감각에 집중하며 먹는다. 한 가지 식재료를 아무런 정보 없이 오랜 시간 살피면서 먹는 행위가 '먹는 것'에 대한 색다른 관점을 부여해 주었다.

자고로 음식은 즐기며 먹어야 한다는 게 내 지론이다. 화가 나거나 슬플 때, 스트레스를 받을 때는 모든 식욕이 사라진다. 음식을 먹는 행위 자체가 부담스럽고 음식물을 삼키기가 힘들다. 억지로 먹어 봤자 맛을 느끼기 어렵고 잘 체한다.

음식이 감정을 해소하기 위한 수단이 되어서는 안 된다. 음식 그대로를 바라보고 즐기는 연습을 시작해야겠다.

참, 나 소개팅 들어왔는데
남자가 술을 못한다네.
아예 안 하는 게 낫겠지?

011

미깡, 『술꾼도시처녀들 1』(예담, 2014)

최근 몇 년간의 소개팅에는 술을 마시지 못하거나 싫어하는 남자들만 나왔다. '저녁 식사'란 곧 '술과 밥'인 나로서는 만나서 식사 주문을 할 때 이 사실을 알게 되면 김 빠진 미지근한 맥주를 원샷한 기분이 되곤 했다. 예전 같으면 술 없이 꾸역꾸역 먹었겠지만 이제는 상대방이 술을 마시지 않더라도 내가 마실 술쯤은 당당히 주문한다.

그중 기억에 남는 사람이 있다. 소주 서너 병은 거뜬히 마실 것 같은 부장님 포스의 외모와 달리 술을 한 잔도 못 마시던 사람이었다. 내가 와인을 세 잔 비우는 동안 그는 크랜베리 주스를, 그것도 빨대를 요청해 쪽쪽 소리가 나도록 빨아 마셨다. 그 반전이 매력적으로 보였으면 좋았겠지만, 불행히도 매력도가 확 떨어졌다.

친구들에게 이 얘기를 했더니 "뭐 어떠냐, 술 못 마시는 게 어때서"라고 할 줄 알았는데 오히려 세게 손사래를 쳤다.

"퇴근 후 와이프랑 술 한잔하면서 도란도란 얘기하는 게 인생의 낙인데, 그 낙 없이 어떻게 살아?"

사람은 고쳐 쓰는 게 아니라 고쳐진 사람을 고르는 것이라고 한다. 주종을 바꾸는 건 가능하지만, 안 마시는 사람을 마시게 할 수는 없다. 여자친구에게 잘 보이려고 술을 한두 잔씩 마시던 남자가 결혼 후 절주 선언을 해서 '혼술'을 하는 아내들을 수없이 많이 봤다. 술을 너무 마시던 전 남친이 싫어서 술을 입에도 대지 않는 남자와 결혼한 지인은 매일 혼자 와인을 마신다고 했다.

술을 좋아한다면, 소개팅 전 술을 마시는지 미리 묻고 술을 마시지 않는다면 아예 만나지 않는 게 나을지도 모른다.

우리의 젊음은 길지 않으니 빛나는 저
후르츠 칵테일처럼 달콤한 사랑하기로 해.

012

태윤, 「후르츠 칵테일」(태윤 작사, 2021)

각종 과일을 잘게 썰어 설탕 시럽에 절인 통조림, 후르츠 칵테일을 아는지? 1930년 미국 델몬트 사에서 애피타이저, 디저트를 위한 과일 펀치로 만들어 유통하기 시작했다.

미국에서 후르츠 칵테일로 판매하려면 배·포도·체리·복숭아·파인애플이 일정 비율로 들어가야 하는데 우리나라와는 과일 구성이 조금 다르다. 한국에 유통되는 후르츠 칵테일에는 파인애플·파파야·체리·나타드코코 등이 들어 있는데 체리가 그중 가장 적고 파인애플이 대부분이라 체리를 먼저 먹겠다고 항상 동생보다 먼저 숟가락을 들곤 했다.

경양식·탕수육·화채·샐러드·파르페·빙수·생크림 케이크 토핑 등에 빠지지 않고 들어가던 후르츠 칵테일은 음식 트렌드의 변화로 인해 추억의 맛이 됐다. 그런데 최근 후르츠 칵테일이 새롭게 조명되고 있다. 30년 전 유행한 음식이 MZ세대에게는 처음 만나는 재미있는 음식이었나 보다.

이 과일 믹스는 당분이 충분해 베이킹에 제격이다. 물기를 뺀 뒤 말린 과일을 넣는 베이킹에 대체해서 사용하면 좋은 재료가 된다. 다양한 색과 맛을 볼 수 있다는 것도 장점이다. 파운드케이크·푸딩·젤리 등에 활용 가능하니 유니크하게 표현할 수도 있겠다.

후르츠칵테일을 몇 시간 냉동실에 넣었다 꺼냈더니 살짝 살얼음이 얼었다. 스트레이너에 밭쳐 시럽을 빼고 과일만 건진 뒤 드라이한 람부르스코 와인을 한 병 땄다. 이제 서로 먹겠다고 싸울 동생도 없는데 습관적으로 체리로 손이 갔다. 이제 동생과 함께 산 기간보다 따로 산 기간이 길어지려는 참이다. 우리의 시간이 한정적이고 길지 않아서 애틋하게 기억되는지도 모르겠다.

그나저나 와인과 후르츠 칵테일, 조합이 나쁘지 않다.

음식에 얽힌 누군가와의 추억은
이상하리만치 마음에 오래 머문다.

013

이은선, 『착해지는 기분이 들어』(아르테, 2021)

소개팅한 상대와 두 번째 만나는 날이었다. 문어를 좋아한다는 내 말에, 기가 막히는 문어 맛집이 있는데 전국을 다니며 먹었던 문어 중 최고였다며 꼭 가봐야 한다고 해서 첫 만남에서 바로 다음 약속을 잡았다.

내 발로는 절대 가지 않았을 어둡고 좁은, 스산한 골목이었다. 골목 중간쯤 어지러운 폰트와 문구가 창문에 빼곡히 붙은 해산물 식당이 하나 있었다. 두 번째 만남이라 고심해서 고른 원피스가 무색해지는 공간.

불편한 마음으로 구두를 벗고 상에 앉았다. 미리 도착한 그가 주문을 해 뒀는지 내가 앉자마자 사장님은 바로 준비를 시작했다. 강원도에서 갓 올라온 문어를 데쳐서 테이블로 가져온 뒤 가위로 먹기 좋게 자르기 시작했다.

일단 크기에 압도당했다. 초고추장·기름소금장·간장과 와사비. 간소하게 준비된 상차림에 세 가지 양념을 곁들여 문어를 입에 넣었다. 그 순간, 그가 한 얘기가 절대 과장이 아니라는 것을 단박에 알았다. 부드러우면서 탱글탱글하고, 쫄깃거리며 질기지 않게, 그야말로 딱 맞게 익혔으며 비린 맛이라곤 전혀 없는 말그대로 신선한 문어였다. 서양에서는 문어를 푹 익히는 것을 선호하고 우리나라는 덜 익혀 먹는 것을 선호하는데, 그 집 문어는 더도 덜도 아닌 딱 적당한 상태의 식감이 일품이었다. 그 뒤로 곧장 생명력 넘치는 바다를 연상케 하는 신선한 해산물의 감칠맛이 치고 들어왔다. 자부심을 가져도 될 맛이었다. 아쉽게도 아직 그때보다 더 맛있는 문어를 먹어 본 적이 없다.

소개팅했던 그 남자의 이름은 잘 기억나지 않는다. 식당의 이름과 위치도 가물가물하다. 그런데 이상하게도 뿌듯해하던 그의 표정은 지금도 선명하다.

사람들이 먹는 것은 그들이 어떤
존재인가뿐만 아니라 어떤 존재가 되고
싶어 하는가를 반영한다.

014

댄 주래프스키, 『음식의 언어』(김병화 옮김, 어크로스, 2015)

우리 식문화와 음식 트렌드는 꾸준히 변화, 발전하고 있다. 잡지와 책을 만들며 20여 년간 식문화 속에서 다양한 콘텐츠를 만들다 보니 그 흐름을 더 민감하게 느낀다.

2018년 테이스트북스를 론칭한 뒤 『먹는 단식 FMD』 『케토채식』 『매일 한 끼 비건 집밥』 『제로 웨이스트 키친』 등 새로운 식문화를 제안하는 책을 기획 및 출간했다. 이중 『매일 한 끼 비건 집밥』은 비건식만으로 책을 만드는 것에 대해 저자가 기획 단계부터 난색을 표했다. 하지만 비건이 앞으로의 식생활에서 어느 정도 비중을 차지하게 될 거라는 믿음이 있었고, 비건을 본격적으로 다룬 국내서가 거의 없었기에 제대로 된 책을 만들고 싶다는 내 의지가 강했다. 결국 긴가민가하는 저자를 설득해 원래대로 비건식을 고수하게 됐는데, 출간 이후 많은 매체와 사람들의 주목을 받았다. 이후 비건 시장은 빠르게 성장 중이며, 그 성장에 이 책이 어느 정도 기여하지 않았나 싶다. 『제로 웨이스트 키친』의 경우 이름부터 낯설었던 '제로 웨이스트'를 식문화에 적용해 보고 싶다는 생각에서 출발한 기획이다. 이 책은 버리지 않는 식문화를 지향한다. 오래 먹는 법, 버리지 않고 다양하게 활용하는 법, 직접 길러 먹는 법 등을 집에서 실천할 수 있도록 도와준다.

음식은 단순하게 내가 먹고 싶은 것일 수도 있지만 가만히 살펴보면 옷이나 메이크업, 헤어스타일처럼 내가 어떤 존재인지를 말해 주는 중요한 수단이기도 하다. 사람들은 음식을 매개로 동질감을 갖곤 해서, 때로 음식은 집단을 형성하는 수단이 되기도 한다. 위스키를 마시는 사람, 하이볼을 마시는 사람, 내추럴 와인을 마시는 사람은 서로 다른 가치를 갖고 있을 수 있다. 또한 어떤 존재가 되기 위해 때로 어떤 사람들은 입맛을 바꾸거나 속이기도 한다. 그가 원하는 상대가 되기 위해 말이다.

좋아하는 사람과 좋아하는 것을 먹는 것보다
좋은 일은 별로 없다.

015

정은지, 『내 식탁 위의 책들』(앨리스, 2012)

처음 만났을 때 그의 몸무게는 84킬로그램이었다. 우리가 헤어질 때 그의 몸무게는 100킬로그램을 넘겼다. 체중계에 세 자리 숫자가 찍힐 수 있다는 것을 그때 처음 알았다.

퇴근 후 그리고 주말 내내 신상 맛집, 한정 메뉴, 제철 메뉴 등 오직 먹기 위해 만나나 싶을 정도로 우리는 끊임없이 먹었다. 여행을 떠나기 전, 저녁 먹고 숙소에 들어와 마실 술을 준비할 때면 혹시 모르니 넉넉하게 챙기고 남으면 다시 가져오자며 와인 네 병을 샀다. 하지만 모자라서 현지에서 더 산 적은 있어도 한 번도 남겨 온 적은 없었다.

그 시절에 대해 생각해 본다. 좋아하는 사람과 좋아하는 음식을 함께 먹었던 시간. 다시 생각해도 그보다 더 좋은 일은 어떤 게 있는지 잘 모르겠다.

문득 그의 몸무게가 몇 킬로그램인지 궁금한 지금이다.

만약 부엌에서 시식을 했다면 평범하거나
심지어 불쾌하게 느껴졌을 음식이 구름이 있는
곳에서는 새로운 맛을 띠고 구미를 돋운다.
전혀 집 같지 않은 곳에서 우리는 기내식을
받아들고 집에 온 것 같은 편안함을 느낀다.

알랭 드 보통, 『여행의 기술』(정영목 옮김, 청미래, 2011)

코로나 이전에는 한 달에도 몇 번씩 비행기를 탈 정도로 일로, 여행으로 많은 곳을 다녔다. 이코노미부터 비즈니스까지 다양한 항공사의 기내식을 접했다. 생각해 보면 제공되는 빵이나 버터는 평소에는 찾지 않을 품질이고, 젤리나 요거트 등도 평소에는 잘 먹지 않는다. 냉동 음식을 즐기지 않는데, 기내식은 전형적인 냉동 음식 맛에 부합한다. 그런데도 절대로 놓칠 수 없다.

마치 영화의 예고편처럼 목적지를 상징하는 음식으로 여행에 대한 기대감을 돋운다. 도쿄행 기내식에는 초밥이, 태국이나 말레이시아 행에는 사테와 커리가, 홍콩이나 중국 행에는 중국식 닭요리가 나온다. 게다가 디저트까지 현지식으로 주는 센스란!

우리가 여행을 마치고 한국행 대한항공 비행기를 탑승한 뒤 비빔밥과 고추장 튜브를 받는 순간, '이제 집으로 돌아가는 구나' 하는 안도감을 느끼는 것처럼 여행지로 출발한 뒤 기내식을 받으면 그때부터 설렘이 시작된다.

선택이 가능하다면 목적지의 전통 음식에 가장 가까운 것을 고른다. 일정 내내 먹어야 할 현지 음식에 미리 입맛을 단련하고 적응시키는 첫 끼다. 손바닥 세 개 만한 테이블을 현지의 맛으로 꽉 채우는 쟁반을 받으면, 그때부터 여행은 시작된다.

저는요. 일 끝나고 피곤한 몸으로 집에
와서 이 소파에 몸을 기댄 채
맥주를 마시다가 스르르 잠들 때가 최고로
행복하다고 느끼거든요.

017

드라마 『혼인신고서에 도장을 찍었을 뿐인데』
(카네코 후미노리·타케무라 켄타로 연출, 2021)

드라마 『혼인신고서에 도장을 찍었을 뿐인데』에서 아키하가 위장 결혼으로 함께 살게 된 남편 모모세에게 한 말이다.

마지막 화에서 그녀가 갖고 있던 행복의 상징이자 가장 값비싼 소파를 중고 시장에 팔게 되자 모모세는 그녀를 대신해 소파를 찾아온다.

"저 소파가 실려 가는 걸 보고 그때 깨달았어요. 제 행복은 아키하 씨와 함께 그 소파에서 맥주를 마시는 시간이라는 것을요."

독립 16년차, 소파가 여러 차례 바뀌었다. 처음에는 부드럽고 폭신한 2인용 소파로 시작했는데 소파에 앉아 술을 마시다 그대로 잠드는 일이 반복됐다. 그 습관을 없애려고 나무 팔걸이가 있는 1.5인용 가리모쿠 소파로 바꿨다. 어느 날 우습게도 딱딱한 나무 팔걸이에 쿠션을 대고 몸을 구겨 넣은 채 자고 있는 나를 발견했다. 결국 그 소파도 처분하고는, 큰맘 먹고 1인용 리클라이너를 샀다. 잠시 앉아서 쉬거나 책을 보는 용도로만 사용하리라 생각하면서. 그런데 얼마 못 가서 그 리클라이너 옆에 사이드 테이블을 두고 와인을 마시며 TV를 보다 잠들고 있었다. 나는 습관을 바꾸기보다는 환경에 적응하는 동물이었던 것이다!

지금은 소파 대신 딱딱한 의자만 뒀는데 여전히 의자에 앉아 와인을 마신다. 좋아하는 일을 매일 할 수 있고, 그것에서 행복을 느낀다면 충분하지 않을까, 라고 위안하는 요즘이다. 그리고 언젠가 아키하와 모모세처럼 퇴근 후 나란히 앉아 맥주를 마시며 서로에게 기대려면 다시 소파를 사야 하는 게 아닐까 생각한다.

음식은 버젓한 역사라는 점에서 성, 전쟁, 왕,
여왕, 예술, 문학, 흑사병 등에 뒤지지 않는다.
그러나 현재 출판계는 마늘을 치아바타에
문지르거나 라임 잎사귀를 부숴 날생선 조각에
뿌리는 방법을 보여 주려는 유명 셰프로 포화
상태다. 그러다 보니 우리가 가장 즐기고 사랑해 온
많은 요리들이 오히려 눈에 띄지 않는다.

앨버트 잭, 『미식가의 어원 사전』(정은지 옮김, 윌북, 2022)

요리책이 점점 팔리지 않는다. 요리하는 사람은 유튜브, 인스타그램으로 레시피를 검색하거나 또 다른 무료 콘텐츠를 찾는다. 요리를 하지 않는 사람은 외식·배달 음식·밀키트를 즐긴다. 팝업 레스토랑·푸드 페스티벌·쿠킹 클래스 등을 기획·진행 하면서 깨달은 것은 사람들이 책을 사는 데는 인색하지만 음식을 소비하는 데는 관심이 많다는 것이다.

자신이 습득한 지식과 경험, 스킬 등을 어떤 방향과 기획에 의해 책으로 펴낸 것이기에 요리책은 요리를 배우고 레시피를 얻는 중요한 매개다. 레시피를 얻는 가장 보편적인 방법이 요리책을 구매하는 것뿐이던 시절도 있었다. 그러나 요즘은 요리를 접할 수 있는 매체가 늘어 요리책의 역할이 축소된 느낌이다. 들이는 시간과 노력, 비용에 비해 판매가 되지 않으니 출판사에서도 공을 들여야 하는 요리책을 꺼리기도 한다.

유튜브, 인스타그램 등 SNS로 쉽게 콘텐츠를 배포할 수 있게 되면서 요리 전공자의 진정성 있는 콘텐츠를 찾기가 점점 어려워진다. 물론 전공과 역량은 별개이고, 다양성 측면에서는 환영할 일이지만 의미 있는 요리 콘텐츠가 줄어 가는 건 사실이다.

내가 만든 요리책은 모두 직접 기획은 물론 메뉴 선정부터 촬영·레시피 검수·디자인까지 직접 총괄한 것들이 대부분이다. 한국 식문화를 반영하기도 하지만 식문화를 이끌어 갈 제안을 담기도 한다. 기존에 없던 레시피를 제공하기 위해 많은 시간과 비용, 노력을 들인다. 그동안 만들어 온 요리책들이 독자들의 식탁을 풍성하게 만드는 데 작게나마 보탬이 되기를 바란다.

"요즘은 먹을거리가 넘쳐나는 세상이지만,
지금의 어르신들이 돌아가시면 우리의 전통
식자재와 음식들, 식문화는 잊히고 사라질 수도
있다"라며 "『한국인의 밥상』은 방송
프로그램이지만 우리 민족의 전통 식자재와
음식 문화를 영상으로 기록하는 데에도
그 가치와 의미가 있다고 생각한다"라고
밝혔다.

KBS 1TV 『한국인의 밥상』 제작진 인터뷰 중에서, 『조선일보』

잡지 『에쎈』에서 전국의 한식 전문가들을 취재한 적이 있다. 사진가와 함께 인터뷰할 할머니가 계신 통영에 도착했을 때는 이미 음식 준비가 끝난 뒤였다. 부엌은 단차가 있는 데다 작고 어두워서 집 안에서는 사진 촬영이 힘든 상황이었다. 준비해 간 내 그릇에 음식을 옮겨 담은 뒤 아파트 놀이터 앞에서 음식을 촬영했다. 그동안 할머니는 한복으로 갈아입고 부축을 받아 놀이터 앞으로 나오셨다. 환하게 웃어 주셔서 촬영은 생각보다 수월하게 끝났다. 촬영 장비를 정리하는 동안 할머니는 준비한 음식을 먹고 가라며 상을 차려 주셨다. 닭찜·해삼 통지짐·멍게 비빔밥·도미찜·방풍 탕평채. 그때 처음 방풍을 먹었다.

서울로 돌아와 그날의 사진을 고르는데 뭉클한 감정이 올라왔다. 도움 주신 분은 할머니도 즐거워하셨다고 했지만 왜 그렇게 촬영에 욕심냈을까, 몸이 불편하지 않은 다른 분을 찾는 게 낫지 않았을까, 굳이 야외 촬영을 해야 했을까, 음식을 다 먹고 올걸, 하는 생각들이 이어져 원고를 쓰는 내내 마음이 불편했다.

가끔 그때를 생각하면 한복을 곱게 차려 입고 환하게 웃으시던 할머니와 함께 열정만 가득하고 주변머리 없던 내 모습이 오버랩된다. 2004년 그날의 기사를 찾아보았다.

"서울에서 6시간 남짓 달려 도착한 통영의 미륵산 자락 밑. 통영에서 태어나 91세가 된 지금까지 1백 년 남짓한 세월을 그곳에서 무공해 자연을 맛보고 살아온 제옥례 할머니를 만날 수 있었다. 박부자 집으로 불리던 양반가, 1년에 11번의 제사를 치르는 집에서 자라 어렸을 때부터 음식을 만들고 잔치를 하는 집안 풍경에 익숙했던 할머니가 음식에 남다른 재능이 있는 것은 어쩌면 당연한 일. 여고, 명문대, 사범대학을 거치며 배운 요리 중 가장 익숙한 것은 집안 대대로 내려오던 조선시대 통제사 음식이다."

한 해의 마지막 날에는 입장료가 어마어마한
클럽에 가서 춤을 추든, 졸린 눈을 비벼 가며
TV 앞에 앉아 카운트다운을 하든, 일종의
샴페인 같은 술을 마실 가능성이 높다. 하지만
우리가 마시는 그 '일종의 샴페인'은 거의
진짜 샴페인이 아니다.

제프 시올레티, 『애주가의 대모험』(정영은 옮김, 더숲, 2018)

아직도 스파클링 와인을 샴페인이라고 부르는 당신을 위해.

샴페인은 프랑스 샹파뉴(영어로 샴페인) 지역에서 만드는 스파클링 와인을 말한다. 샹파뉴 지역에서 생산된 포도로 샹파뉴에서 만든 스파클링 와인만 샴페인이라 부를 수 있고, 샹파누아즈라는 전통적인 제조 방식으로 만들고 엄격하게 품질을 관리한다. 프랑스의 다른 지역에서 만들어진 스파클링 와인은 크레망, 뱅 무쐬, 스페인에서 생산되는 스파클링 와인 중 대표적인 것은 까바, 이탈리아는 스푸만테, 프로세코, 독일은 젝트, 그 외 지역은 스파클링 와인이라고 부른다.

1670년대 샹파뉴 오빌레 수도원의 수도사였던 돔 페리뇽은 와인을 만들던 중 추운 날씨 때문에 발효가 중단됐다 봄에 발효가 재개되면서 가스가 발생해 병이 깨지는 것을 보고, 이것을 방지하려 연구하다 샴페인을 개발했다고 한다. 그 업적을 기리고자 '돔페리뇽'이 1921년 만들어졌다.

샴페인 병을 따는 걸 두려워하는 사람이 많은데 다음의 방법으로 시도해 보자. 먼저 철사망, 즉 뮈즐레를 풀고 플레이트를 제거한다. 손힘이 약해 코르크가 튕겨나가는 게 걱정된다면 한 손으로는 병 상단을 잡고 다른 손으로는 휴지나 천으로 코르크를 감싸 준다. 코르크가 밀려나오는 힘을 느끼며 놓치지 말고 끝까지 잡고 천천히 돌려 주면서 열어야 튕겨 날아가지 않는다. 뻥! 소리도 나지 않는다.

마지막으로 샴페인은 무조건 서늘하게 마시자. 온도가 올라가면 상쾌한 맛이 떨어지고 기포의 질감이 무거워진다. 샴페인은 먼저 입에 살짝 머금은 뒤 혀로 굴리며 질감을 느낀 뒤 기포를 즐기고 삼킨다. 너무 오래 머금어 온도가 올라가지 않게 주의한다.

레시피라는 건 만들고자 하는 빵의 주요
재료의 준비와 비율, 시간 순서에 따른 공정,
공정별 주의해야 할 점, 상황별 조치 사항 등
빵 하나를 만드는 데 필요한 모든 것들을 적어
두는 종이 한 장이다. 수많은 테스트를 거친
결과를 담고 있는 한 장의 레시피는 만드는
사람이 노력한 시간과 노고 또한 고스란히
담겨 있는 중요한 기록이다.

정웅, 『매일의 빵』(문학동네, 2019)

요리책·잡지·콘텐츠를 만들면서 무수히 많은 레시피를 접했다. 의외로 여겨지겠지만 요리를 오래 한 전문가도 레시피 작성을 힘들어하고, 오류투성이인 경우도 많다. 에디터나 업계 관계자도 마찬가지다. 요리 콘텐츠의 기본인 레시피를 정확히 작성하고 제대로 고쳤으면 한다. 기본 체크 리스트를 간략히 공유한다.

재료

- ☐ 완성 분량을 제일 먼저 결정해야 한다. 이후 적당한 재료 분량과 조리 시간이 결정된다.
- ☐ 완성 분량에 맞는 기준으로 재료를 준비한다. 덩어리는 개수로 표기하고 크기나 무게를 추가한다.
- ☐ 부위가 중요하거나 선택지가 많은 재료는 구체적으로 알려 준다.
- ☐ 계량은 저울을 이용할지, 계량컵이나 스푼을 이용할지 선택해 통일한다. 고체는 그램(g), 액체는 밀리리터(ml)를 기준으로 한다.
- ☐ 다양한 이름으로 불리는 재료나 상태는 명칭을 하나로 통일한다.
- ☐ 조리 과정이 복잡할 경우 소스, 양념 등을 따로 구분해 묶어 준다.
- ☐ 부피나 무게가 큰 것부터 순서대로, 주재료부터 시작해 양념, 장식 등의 순으로 정렬한다.

만드는 법

- ☐ 시간 순으로 정렬한다. 밑 손질이나 시간이 오래 걸리는 것이 먼저다.
- ☐ 오래 익히거나 끓여야 하는 경우 다른 손질 등을 할 수 있게 끼워 넣는다.
- ☐ 소개한 모든 재료가 만드는 법에 나와 있는지 확인한다.
- ☐ 재료와 만드는 방법의 재료명이 일치하는지 확인한다.
- ☐ 재료 분량에 맞는 소요 시간인지 확인한다.
- ☐ 생략된 손질법이나 조리법이 없는지 확인한다.
- ☐ 소스, 양념 등의 재료가 만드는 법에 제대로 들어갔는지 본다.
- ☐ 장식이나 고명 등이 빠지지 않았는지, 크기와 색이 일치하는지 사진과 비교한다.

쌀과 밀로 나뉘는 문화권의 여러 나라에서
감자를 먹지 않는 나라가 존재하기는
할까. 수많은 이들이 다함께 감자를 먹으며
자랐다니. 땅속의 감자만큼이나 풍성한
전 세계의 레시피 덕분에 감자는 요리 전에 늘
고민하게 하는 식재료다.

022

요나, 『재료의 산책』(어라운드, 2018)

무인도에 가져갈 하나의 식재료가 무엇인지 묻는다면, 망설임 없이 감자라고 대답하는데, 감자 요리 중 특히 감자튀김을 좋아한다. 감자튀김은 미국·캐나다에서는 프렌치프라이, 영국·호주·뉴질랜드에서는 칩스, 프랑스·벨기에는 폼 프리츠 또는 프리츠라고 부른다.

감자튀김은 다양한 종류만큼 곁들이는 소스도 다채롭다. 프랑스의 경우 소금, 케첩을 곁들이며 주로 스테이크에 사이드 메뉴로 낸다. 벨기에에서는 마요네즈를 곁들이고 미트볼, 소시지 등과 같이 먹는다. 영국·호주·뉴질랜드 등에서는 그레이비소스, 타르타르소금 등을 곁들여 생선튀김과 먹는다. 감자튀김에 그레이비소스를 얹은 캐나다의 푸틴이나 베이컨·치즈 등을 듬뿍 뿌린 호주 오지치즈 프라이, 볼로네제소스와 할라피뇨·옥수수·치즈 등을 얹은 칠리치즈 프라이 등은 그 자체로 유명한 감자튀김 요리다.

나는 가끔 감자튀김을 직접 만들어 먹기도 한다. 우리나라 감자는 수분이 많아서 썰어서 잠깐 물에 담가 전분을 뺀 뒤 물기를 걷어내고 표면이 살짝 마를 때까지 놔둔다. 섭씨 200도에서 두 번 정도 튀기고 볼에 소금, 레몬페퍼 또는 후추를 넣고 섞은 뒤 기름을 뺀 감자튀김을 넣고 섞어 주면 끝. 벨기에 펍에서 먹었던 감자튀김 맛이 부럽지 않다. 그대로 먹어도 맛있지만 요즘 빠진 소스가 있다. 마요네즈에 닭표 스리라차를 4:1 비율로 넣고 섞은 것인데 여기에 촐룰라 핫소스를 두세 방울 추가해도 맛있다.

감자튀김은 양념 없이 그대로 튀기면 훌륭한 간식이 되고, 토핑을 올리면 요리가 되고, 다양한 소스를 곁들이면 최고의 안주가 된다. 감자 하나로 이렇게 다양한 것을 만들어 낼 수 있으니, 어떻게 좋아하지 않을 수 있나.

미식은 즐거운 일이지만 귀찮은 일이기도
하다. 어떤 사람들에게 미식은 행복의 척도다.
그들의 선택은 존중한다. 다만 미식을 즐기는
사람들은 너무 거만하거나 오지랖이 넓은
경우가 많다. 미식에 관심이 없는 사람들을
삶의 진정한 즐거움을 모르는 양 취급한다.

정지돈, 『영화와 시』(시간의흐름, 2020)

가끔 불편한 상황에 맞닥뜨린다. 자신들의 기준이 미식의 척도인 줄 아는 사람들을 만나는 경우다. 스테이크는 미디엄보다 덜 구워야 제대로 즐길 수 있다고 강조하거나, 참치 회를 김에 싸서 먹거나 와사비를 푼 간장에 찍어 먹으면 혐오스러운 시선을 보내는 경우다.

그 기준은 어디서부터 온 것인가. 트렌드에 편승하거나 편협한 정보를 통해 얻어진 잣대를 일반화하는 오류를 범하는 사람들이야말로 고정관념에 갇힌 우물 안 개구리가 아닐지.

진화의학자 권용철은 우리는 저마다 다른 유전자를 지니는데 고유의 유전자마다 선호하는 음식·냄새·적합한 양 등이 설계되어 있다고 했다. 단순히 개인의 기호로만 치부할 수 없는 것이 음식에 대한 신체의 반응이다. 비린 맛을 누구보다 강하고 역하게 느끼는 사람이 있고, 반대로 선호하는 사람도 있다.

미식이란 철저히 자신의 입맛을 아는 데서부터 비롯된다. 내게 맞지 않는 음식은 내 몸이 원하는 음식이 아닐 수 있다. 분위기에 휩쓸리거나 주변의 강요에 의해 내 몸이 원하지 않는 음식을 억지로 먹지 말자.

새 과자가 기존 과자보다 맛있을 가능성은
그리 높지 않다. 꼬북칩 초코시나몬맛 같은
성공작은 자주 나오지 않는 법이다.

최지은, 『나의 복숭아』 중 「과자 이야기」(글항아리, 2021)

'신상' 과자를 보내 주는 '월간 과자팩'을 구독 중이고 국내에 출시된 대부분의 과자를 먹고 있지만 내 쇼핑 목록에서 빠지지 않는 과자 중 부동의 1위는 새우깡이다. 새우깡은 1971년 출시 이후 스낵 판매량 1위 자리를 굳건히 지켜 온 과자다. 매운 새우깡·오징어먹물 새우깡·코코아 새우깡·쌀 새우깡·깐풍 새우깡·새우깡 블랙 등등 다양한 맛의 새우깡이 출시되고 있다.

1970~1980년대는 과자 전성시대였다. 저렴한 가격으로 최대의 만족을 얻을 수 있던 과자는 그 시절 최고의 간식이었다. 크리스마스·생일·명절에는 과자와 문구 세트가 함께 구성된 종합선물세트를 선물 받곤 했는데, 커다란 박스 안에 내가 좋아하는 과자가 얼마나 들어 있을지 기대하며 포장을 뜯곤 했다. 초등학교 내내 엄마는 소풍이나 운동회 도시락 가방에 김밥과 과자 몇 가지를 채워 주셨다. 귤 과육이 잔뜩 들어간 쌕쌕오렌지나 포도알이 씹히는 달콤한 포도봉봉, 모리나가 밀크캐러멜 그리고 오징어 땅콩과 새우깡, 생선맛 포 홀쭉이. 소풍이나 운동회를 생각하면 먼저 이 과자들이 선명히 떠오른다.

요즘 신상 과자는 MZ세대들에게 인기있는 카페·레스토랑·브랜드 등과 함께 하는 컬래버레이션이나 시즌 한정판 등 재미있는 기획으로 특별함을 추구하는 듯하다. 패키지 디자인에도 많은 공을 들인다. 그런데 이런 새로운 과자는 한두 번 맛을 보는 것으로 그치고 다시 찾는 것은 그때의 과자다. 엄마와 이모는 마트에 가면 아직도 에이스와 참크래커를 담고, 나 역시 새로 출시된 과자와 함께 새우깡과 꼬깔콘을 빼놓지 않는다. 우리의 입맛이 과자를 처음 먹던 추억에 머물러 있는가 보다.

커피는 요리를 닮았다. 요리는 재료를 불과
물로 익혀 음식을 만든다. 커피는 생두를
볶아서 원두로 만든 후 물에 녹여 마신다.
요리사가 선택한 재료와 가진 기술에 따라
못 먹을 음식이 나오기도 하고, 많은 사람들을
감동하게 하는 마법이 되기도 한다.

서필훈, 『커피를 좋아하면 생기는 일』(문학동네, 2020)

냉장고 속 재료를 선택해 15분 만에 요리를 완성하는 『냉장고를 부탁해』라는 TV 프로그램이 몇 년 전 화제였다. 셰프마다 완전히 다른 음식을 만들어 내는 모습이 신선해 꽤 인기를 끌었다. 시간의 압박 탓에 유명 셰프들이 종종 요리를 망치기도 해서 보는 재미를 더해 줬다.

요리는 재료 선택이 중요하지만, 같은 재료를 사용해도 전혀 다른 결과물이 만들어진다. 각자가 지닌 테크닉은 차치하더라도 취향·입맛·성격 등에 따라 요리를 하는 내내 끊임없이 자신만의 선택과 결정을 하기 때문이다. 그 과정에서 감동적인 음식이 될 수도, 그 반대가 될 수도 있다.

커피는 커피와 물, 불만 있다면 누구나 내릴 수 있지만 내리는 사람에 따라 전혀 다른 결과물이 나온다. 심지어 동일한 커피 드립백을 사용하더라도 집집마다 맛이 다르다. 커피·물·주전자 등의 재료와 도구도 중요하지만 어느 시점에 어떻게 내리는지, 어떻게 내는지 등에 대한 스킬과 감각에 따라 맛이 달라지는 것이다.

커피도 요리도, 결과물에서 만드는 사람이 느껴진다. 그래서 매력적이다.

설거지는 이름부터 거지 같다.

026

박요셉, 『겨드랑이와 건자두』(김영사, 2018)

요리는 좋아하지만 설거지는 극도로 싫어한다. 식기세척기가 가정 필수품으로 자리 잡은 지 오래지만 헹구거나 애벌로 씻어서 넣어야 효과적이기에 여전히 귀찮고, 크기나 모양, 소재 때문에 기계에 넣지 못하는 일도 종종 있기에 사용하지 않는다.

요리형 인간과 설거지형 인간은 태생부터 다르다. 요리보다 설거지가 좋다는 후배가 있다. 힘들게 요리를 해도 맛있게 만들기 힘들고 보람을 느낄 새도 없이 사라지지만 설거지를 하고 그릇이 말끔히 정리된 걸 보면 뿌듯하다고. 가장 신기한 건 밥을 먹자마자 설거지를 하는 타입인데, 나는 정반대다. 요리를 하거나 식사를 한 뒤 쌓이는 설거지의 부피만큼 스트레스가 쌓인다. 귀찮은 것도 있지만 지저분한 걸 만져야 한다는 불편함도 크다. 조금 전까지 먹던 음식이 왜 먹고 나면 바로 음식물쓰레기로 생각되는지 모를 일이다. 설거지는 최대한 미루고 미룬다. 잠깐 누웠다 할까, 라며 누웠다가 다음 날로 넘긴 일도 부지기수다.

요리는 뒷정리까지 포함한다고 하는데 요리형 인간치고 설거지를 좋아하는 사람을 본 적이 없다. 결혼은 다른 타입의 사람을 만나야 잘 산다고 들었다.

설거지형 인간을 찾습니다. 요리는 제가 하겠습니다.

달고나색

밝고 노란 황갈색을 띤 설탕으로 만든
달고나색. 달고나는 불 위에 국자를 올리고
거기에 설탕과 소다를 넣어 만든 과자로
'설탕보다 달구나'에서 이름이 유래됐다고
전해진다.

오이뮤, 『색이름』(오이뮤, 2019)

왼손 엄지 아래쪽에 0.5센티미터 지름의 화상 상처가 있다. 이제는 흐릿해서 잘 들여다봐야 알 수 있지만 화상을 입던 날에 대한 기억은 아직도 선명하다. 초등학교 시절 뽑기와 달고나를 무척 좋아했는데, 학교 근처 문방구에서 달고나를 만들다가 젓가락에서 설탕 조각이 튕겨 나와서 손에 달라붙었다. 악, 비명을 지르는 찰나 설탕 덩어리는 손등 위에서 지글지글거리다 곧 사라졌고 엄마한테 혼날까 봐 말을 못해서 처치 시간을 놓쳤다.

넷플릭스 드라마 『오징어 게임』을 통해 이정재가 뽑기를 하는 모습을 보며 그때의 쓰라림이 강제 소환됐다. 그리고 설탕과 베이킹 소다를 넣어 한껏 부풀린 뒤 납작하게 누른 과자의 단맛에 중독돼(뽑기에 성공하면 선물까지 받을 수 있으니!) 하루가 멀다 하고 찾아가고, 심지어 집에서 국자를 태운 기억까지.

외국에도 달고나와 비슷한 '허니컴 토피'나 '호키포키' 같은 과자가 있지만 납작하게 만들어 틀로 모양을 찍은 뒤 바늘로 눌러서 모양대로 뽑아 내는 놀이 형태로 발전한 것은 우리나라가 유일하다. 몇 년 전부터 달고나 커피, 달고나 토스트 등 많은 응용 메뉴가 등장하면서 달고나는 지금 재유행 중이다.

무수히 많은 달고나를 만들어 본 나의 달고나 만들기 꿀팁. 가장 중요한 건 타이밍이다. 소다를 넣고 젓다 갈색이 될 때 불에서 내리면 어김없이 타 버리거나 쪼그라들고, 너무 색이 나기 전에 불에서 내리면 색이 허옇거나 잘 부풀지 않고 쪼그라든다.

그동안 생각해 본 적 없는 달고나색. 베이지에서 진한 갈색이 되기 전, 황갈색일 때 불에서 내려야 한다. 손이 저절로 가게 하는 딱 먹음직스러운 색. 앞으로는 먹음직스러운 음식의 색을 표현할 때 달고나색이라고 해야겠다.

어린 시절 나는 밥상 위의 반찬들이 유리그릇에
담겨 있는 걸 보고 본격적인 여름의 시작을
알았다. 다시 도자기 그릇으로 바뀌면 겨울이
다가온 것이었다. 그 돈이면 반찬 한 가지를 더
올리겠다며 주변의 빈축을 샀지만 어머니는
작은 사치를 포기하지 않았다.

은희경, 『장미의 이름은 장미』(문학동네, 2022)

계절이 변할 때 하는 루틴들이 있다. 옷장과 이불장, 가전제품 정리 그리고 그릇장 정리. 여름이 오면 긴소매 옷과 두꺼운 코트 등을 꺼내 드라이클리닝 한 후 옷장 속에 정리한다. 이불이나 베개, 쿠션 커버 등 패브릭도 마찬가지다. 내 경우에는 그릇 교체가 하나 더 추가된다.

혹시 여름과 겨울 내내 같은 그릇을 사용하고 있는 건 아닌지. 계절마다 다른 그릇으로 교체하는 것이 부담스럽다면 봄과 여름, 가을과 겨울로 나눠서 한 차례만 그릇을 바꿔 보길 권한다.

여름에는 특히 다음과 같은 소재를 사용하면 조금 더 즐거운 식사를 할 수 있을 것이다. 여름 과일과 채소의 색을 그대로 전할 수 있으며 얼음 동동 띄운 냉국이 더 시원해 보이는 유리그릇, 보는 것만으로도 시원한 느낌을 주는 색상의 그릇, 촉각으로나 시각으로나 모두 차가운 구리나 스테인리스 스틸 소재…… 각자의 사정과 형편에 맞게 계절이 변할 때 한두 가지만이라도 교체한다면 식탁의 풍경이 달라지고 음식을 대하는 기분까지 바뀐다.

가을과 겨울에는 도톰하고 온기를 오래 머금는 자기, 유기 소재의 그릇, 톤다운 된 컬러의 그릇을 추천한다. 가을에만 맛볼 수 있는 밤·홍시·대추를 가을 그릇에 담아 즐기면 마치 한정 메뉴를 받은 듯 즐거워진다. 한 계절이 끝나고 봄이 오면 다시 두툼한 도기와 가을 색을 닮은 그릇을 그릇장에 넣고 다시 찬장의 손이 가장 잘 닿는 곳에 얇은 도기 그릇, 푸른색 접시 등을 배치한다.

기다리는 계절을 빨리 느끼고 싶어서 먼저 그릇부터 바꾸는 경우도 있고 계절이 가는 게 아쉬워 조금 더 사용하는 해도 있다. 여름을 붙잡고 싶은 마음에 유난히 짧았던 여름을 지나고 있는 지금, 유리그릇을 몇 번 더 식탁에 올리려 한다.

아무리 반복해도 좀처럼 익숙해지지 않는
일들이 있습니다. 식당에서 혼자 밥을 먹는
일도 그중 하나입니다.

029

박준, 『계절 산문』(달, 2021)

어른이 되면 수월하게 '혼밥'을 할 수 있을지 궁금했다. 혼자 밥을 먹는 것에 익숙해지기까지 꽤 오랜 시간이 걸렸다.

혼자 하는 일이 늘어 간다는 건 점점 독립적인 사람이 되고 있다는 증거라고 생각했다. 혼자 쇼핑을 하거나 여행을 가거나 공연이나 영화를 보고 밥을 먹거나 술을 마시는 것. 그중 가장 난도가 높은 것은 혼자 술집에 가는 것이라고 생각한다.

1단계 쇼핑
2단계 여행 · 공연 · 영화 · 밥집
3단계 고깃집 · 술집

1단계는 혼자 하는 게 더 편한 경우다. 2단계는 혼자 할 수 있지만 느낀 걸 말로 나눌 수 없어서 외롭다. 3단계는 외로움의 차원과는 다르다. 얼굴이 두꺼워야만 할 수 있다. 사회생활을 오래 했고 혼자 밥을 먹을 일이 많지만, 아직도 붐비는 고깃집과 술집에 혼자 가는 것은 여전히 어렵다.

처음 혼밥을 할 때는 휴대폰을 보기도 하고 주변 시선을 괜스레 의식하기도 했다. 이제는 음식에 집중하는 것을 넘어 주변을 둘러보는 여유까지 생겼다. 그래도 여행지에서의 혼밥은 다소 서글프다. 한 사람을 받지 않는 식당이 꽤 있고, 많은 음식을 시켜서 나눠서 맛보고 싶은데 주문에 한계가 있기 때문이다. 혼자서도 2인분을 주문하고 와인 한 병도 거뜬히 마실 수 있으니, 제발 편견 없이 1인을 받아 주었으면 좋겠다.

혼자 술집에 갈 날도 있을까. 주변 '만렙'들은 종종 퇴근 후 혼자 바에서 술을 한잔 하고 집으로 돌아간다고 하는데. 일단 2단계로 레벨업 한 것에 만족하자.

첫 만남이 유독 생생하게 기억나는 음식들이
있다. 예닐곱 살쯤 연근조림을 처음
먹었을 때 그 찌그러진 수레바퀴 같은 불길한
생김새만큼이나 아삭대면서도 끈적하게
달라붙는 맛이 어쩐지 기분 나빠 몇 번 못 씹고
뱉었다거나(지금도 연근조림을 싫어한다),
엄마가 처음으로 컵라면을 말아 줬을 때
뜨거운 물을 붓기만 하면 몇 분 만에 눈앞에서
그렇게 맛있는 음식이 완성된다는 것에 경이를
느꼈다거나(지금도 컵라면의 경이에 종종
감탄한다) 하는 기억들.

김혼비, 『다정소감』(안온북스, 2021)

첫 만남을 잊지 못하는 두 가지 음식에 대한 기억.

이모

이모는 가끔 음식을 포장해 우리 집에 오거나 직장 근처 아케이드로 불러 맛있는 것들을 사 주곤 했다. 이모를 만나면 늘 색다른 것을 먹거나 볼 수 있었기에 만남을 고대하곤 했다. 어느 날은 이모가 납작한 사각형 박스를 들고 우리 집으로 왔다. 하얗고 끈적한 것이 온통 뒤덮인 빵이었는데, 입에 넣자 쭈욱 늘어나면서 고무같이 질겅거려서 몇 번을 씹어도 그대로인 데다가 생전 맡아보지 못한 강렬한 냄새까지 났다. 이모는 왜 이렇게 이상한 음식을 가져왔을까! 그것도 비싼 거라고 생색을 내면서 말이다. 가공 치즈에 향신료가 잔뜩 들어간 그 시절의 피자 이야기다.

외삼촌

추석을 앞두고 외갓집 식구들과 산소에 다녀왔던, 무척 더운 날이었다. 외삼촌이 "아, 시원하다"라며 무언가를 혼자 마시고 계셨다. 추임새며 꿀떡꿀떡 목에서 넘어가는 소리를 듣자 하니 여간 맛있는 게 아닌 것 같았다. 외삼촌은 맛있는 걸 왜 혼자 먹는 것인가! 식탐이 많은 나는 그냥 넘어갈 수 없었다. 외할머니의 '간유'까지 빼앗아 먹던 내가 아니던가.

"삼촌, 혼자 뭐 마셔? 시원해? 맛있어?"

"그럼. 한번 마셔 볼래?"

"응" 하고 단숨에 외삼촌이 든 컵을 낚아채 한입 크게 삼켰다.

"엣, 퉤퉤!"

옆에서 숨죽여 지켜보던 삼촌들과 이모는 내 모습을 보며 박장대소했다. 쓰디쓰고 텁텁하고 오묘하고 괴랄한. 첫 맥주의 맛이었다.

그는 이것을 '술 산책'이라고 불렀다.
걷다가 맘에 드는 가게가 나오면 들어가
술 한잔하고, 술이 깰 때까지 무작정 걷다가
또 한잔하고. 그렇게 하면 밤새도록 마셔도
숙취 걱정이 없지요.

문진영, 『2021 김승옥문학상 수상작품집』 중 「두 개의 방」(문학동네, 2021)

술 약속은 언제나 이런 식이다. 암묵적으로 2차는 기본, 간혹 3차 혹은 4차로 이어지기도 한다. 1차는 든든하게 식사를 할 만한 곳을 예약해 둔다. 2차는 주로 걸어갈 만한 곳으로 이동하지만 때론 전혀 다른 동네로 향하기도 한다. 그사이 술이 깨고, 다시 '리셋' 상태가 된다. 3차 이후는 정말 기분이 내키는 대로다. 코로나19 이후로는 서로의 집이나 스튜디오로 가는 경우도 많았다. 최근에는 집 앞 편의점이 추가됐다. 그러다 보면 원치 않았지만 아침을 맞기도 한다.

간혹 1차만으로 그날의 술 약속이 끝나면 못내 아쉽다. 그런 날은 혼자 더 마시거나 번개로 2차를 이어가기도 한다.

술을 마시면 다정해진다. 술이 좋아서, 대화가 즐거워서, 만남이 반가워서 내 안의 다정이 계속 나온다. 소중한 사람들과 오래오래 다정을 나누고 싶다.

'고기랑 머스터드는 궁합이 좋지.
파리의 한 카페에서 스테이크와
감자칩을 먹을 때도 리옹의 머스타드가
곁들여져 맛있었으니까.'
어디, 미국 머스터드 맛 좀 볼까?

032

하라다 히카, 『낮술』(김영주 옮김, 문학동네, 2021)

머스터드를 좋아한다. 녹차·발사믹식초·로즈메리·레드 커런트·라즈베리·샴페인·마늘…… 갖가지 재료를 넣어 각양각색의 컬러를 선보이는 독특한 머스터드에 반해 먹지도 않을 전 세계의 머스터드들을 모으곤 했다.

남은 와인을 재활용하면서 프랑스 부르고뉴, 보르도 등 와인 생산지에서 만든 것이 머스터드소스의 시작이었다고 한다. 가장 유명한 것은 와인을 넣어 부드러우면서 깊은 맛을 내는 부르고뉴 지역의 디종 머스터드다. 머스터드의 맛과 종류는 생각보다 다양하니 구입 전에 매움 정도, 알갱이(씨앗) 유무, 첨가물 등을 살펴 기호에 맞는 것을 고르면 된다. 형태에 따라 크게 다음과 같이 구분된다. 플레인 타입(부드러우며 매콤한 맛이 강하다), 파우더 타입(겨자와 향신료 등을 혼합해서 만드는 가루로, 매콤한 맛과 향이 난다), 홀그레인 타입(매콤함은 덜하고 새콤함이 부각되며, 톡 터지는 알갱이의 식감이 독특하다) 등.

요리에 따라 구분해서 사용해도 좋은데 보통 고기나 생선을 마리네이드 할 때나 색을 낼 때는 파우더 타입을 사용하고, 소스로 사용하거나 스테이크·소시지·햄 등에 곁들여 먹을 때는 플레인 타입을 쓴다. 샌드위치나 카나페 등에 스프레드로 사용할 때는 홀그레인 타입을 사용한다.

- **초급** 소시지·스테이크·생햄·베이컨·너겟(텐더 스트립스) 등에 곁들이기.
- **중급** 감자튀김 찍어 먹기 / 샌드위치나 토르티야에 바르기 / 달걀·감자 샐러드에 넣기.
- **고급** 당근 라페나 피클 만들 때 넣기 / 버터·메이플 시럽과 섞어 머스터드 버터로 스프레드 만들기 / 닭이나 생선 밑간에 파우더를 뿌려서 잡냄새를 제거하고 매콤한 맛 더하기 / 드레싱, 소스로 활용하기.

빵을 사랑하고 깊이 이해하려면, 속재료 맛으로
먹는 간식빵이나 조리빵보다 단순한 빵을
고르는 것이 정답입니다. 이런 빵을 먹으면
밀의 풍미도 제대로 느낄 수 있습니다.

033

이케다 히로아키 외, 『빵-취급설명서』(황세정 옮김, 그린쿡, 2022)

요리를 좋아하지만 빵은 사 먹는 게 가장 맛있다. 특히나 식빵, 바게트는 고수와 장인의 영역이다. 수많은 촬영과 도전을 통해 얻게 된 훌륭한 깨달음이니 장인의 맛은 빵집에서 즐기자. 내가 가장 좋아하는 빵은 식사빵이라고 부르는 식빵·바게트·치아바타·포카치아 같은 것들이다. 그중에서도 1순위는 무언가를 더 하지 않은 기본 식빵이다. 뚜껑이 있는 사각 틀에서 구워 반듯하게 각이 잡힌 '풀먼'Pullman 타입을 좋아한다. 샌드위치용으로 특히 좋지만 토스트로도 적당하다.

빵 굽는 냄새만큼 식욕을 자극하면서 사람들을 무장 해제 하는 냄새가 있을까. 냄새를 맡으면 도저히 빵집을 그냥 지나칠 수 없다. 요즘은 쫄깃하면서 부드러운 질감이 좋아서 천연 효모로 만든 생식빵을 먹는다. 도쿄의 '센트레' '니시카와' '펠리칸' 식빵을 좋아하고 국내 브랜드는 '도제'를 즐겨 먹는다. 폭신하고 부드러운 식빵을 한 봉지 사면 굽지 않고 버터와 잼을 발라 먹은 뒤 잠봉과 치즈·루콜라·머스터드를 넣고 샌드위치를 만든다. 이틀이 지나도 남으면 냉동 보관 후 토스트로 먹는다. 테이스트북스에서 기획한 첫 책은 식빵과 바게트로 만드는 토스트 요리를 소개한 『토스트』다. 개인적인 빵 취향이 반영된 책인데 지금도 스테디셀러로서 중쇄를 거듭하는 중이다.

내게 행복이란 아무것도 더하지 않은 플레인 식빵과 같다. 너무 꽉 차서 무엇 하나도 넣을 수 없는 상태보다 모자란 듯하지만 취향대로 하나둘 더해서 원하는 맛으로 완성할 수 있는 편이 더 즐겁다.

사람도, 음식도, 빵도 담백한 것이 좋다. 질리지 않고 오래도록 즐길 수 있도록.

버터는 약 80퍼센트의 지방뿐만 아니라
물 12퍼센트 그리고 유당과 단백질 등 우유에
포함된 고형물로 구성된다. 버터 1킬로그램을
만들기 위해선 대략 20리터의 우유가
필요하다. 버터가 비싼 이유는 여기에 있다.

장준우, 『장준우의 푸드 오디세이』(북앤미디어디엔터, 2021)

버터를 좋아한다. 요즘 SNS에서 '고메 버터' '명품 버터' 해시태그를 달고 자주 등장하는 것을 포함해 수많은 버터를 맛보았고, 버터 선택법, 활용법, 자르는 법, 보관법 등 나만의 노하우가 있다.

버터를 상미기한 안에 다 먹을 자신이 없으면 10~15그램으로 소분한 뒤 냉동실로 보내는 편이 낫다. 공기와 접촉하지 않도록 포장만 잘하면 풍미에 큰 차이가 없다. 단, 베이킹용은 제외다.

버터를 좋아하는 여러분의 시간과 돈을 아끼기 위해 프랑스 버터(무염) 테이스팅 결과를 공유한다. 가격을 고려한다면 엘르앤비르·페이장브루통, 가격에 신경 쓰지 않는다면 이즈니와 에쉬레를 권한다. 요리하지 않고 그대로 먹고 싶다면 보르디에, 라콩비에트를 추천한다.

- **라콩비에트** 먹는 순간 미끄덩한 질감이 느껴지며 사르르 녹는다. 맛보다 향이 강한 편. 풀 향과 고릿한 발효 향이 특징이다.
- **에쉬레** 부드러운 질감이며 버터의 농후한 향, 캐러멜 향이 느껴진다. 리치한 느낌이다.
- **보르디에** 숙성된 곰팡이와 치즈 외피, 풀 향 등 특유의 향이 강하다. 입 안에서 매끄럽게 녹아내린다.
- **페이장브루통** 풀 향과 고릿한 향 사이의 어느 지점. 미끄덩한 질감에 꾸덕하고 진한 느낌이다.
- **엘르앤비르** 우리가 생각하는 버터에 가장 가깝다. 가볍고, 짭쪼름하고 부드럽고, 유제품의 고소한 풍미를 느낄 수 있다.
- **이즈니** 향이 강하지 않고 우유와 크림의 고소한 맛이 나며 부드럽다. 끝맛이 묵직하다.

어른이 되면 사각형 프라이팬을 갖게 될 줄
알았다. 무쇠로 된 검정 프라이팬.
달걀(주로 달걀말이)만을 위한 프라이팬이다.

한은형, 『우리는 가끔 외롭지만 따뜻한 수프로도 행복해지니까』(이봄, 2021)

달걀말이에 대한 로망이 있다. 도톰하고 폭신하고 긴 직사각형의 달걀말이 말이다.

도구나 재료 등 모든 걸 미리 갖춰야 시작을 할 수 있는 나는 식당에서 파는 것처럼 거대한 달걀말이를 만들기 위해 먼저 질이 좋은 달걀말이 팬을 마련했다. 입소문난 이와추·암바이·미야자키 제작소·스켑슐트. 코팅 팬부터 스테인리스·무쇠·구리까지. 높은 것·낮은 것·정사각형·직사각형·폭이 좁은 것까지. 다양한 브랜드와 소재의 달걀말이 팬을 찾아보고 소재별로 하나씩 집으로 들였다. 제대로 된 팬만 있다면 나이테처럼 켜켜이 그리고 촘촘히 말린 도톰한 달걀말이가 완성되는 줄 알았다.

팬을 태운 적도 있고, 손을 데기도 했다. 달걀말이는 찢어지고 부서지고 얄팍해지거나 속이 빈 채 부풀었다. 그럴 때마다 팬은 하나 둘 중고시장으로 보내지거나 재활용함에 버려졌다. 지금은 일본에서 이고지고 온 정성이 아까워 처분하지 못한 작은 구리 팬 하나만 남았다.

그런데 이제 보니 엄마는 저렴한 원형 코팅 프라이팬으로도 김을 넣은 달걀말이를 먹음직스럽게 만드시는 게 아닌가!

다양한 팬을 써 보고 내린 결론. 도구의 힘을 믿지만, 달걀말이는 역시 스킬이다.

가을무는 그냥 먹어도 국을 끓여 먹어도
깍두기를 만들어 먹어도 달다.

노석미, 『매우 초록』(난다, 2019)

나에게 무는 어른의 맛이다. 아직 정복하지 못한 어른의 식재료 몇 가지가 있는데 그중 하나다. 익히면 더 강해지는 특유의 냄새(가끔은 썩은 채소 냄새처럼 느껴질 때도 있다), 물기가 많아지면서 물렁해지는 식감, 달큰하면서 씁쓰레한 맛까지. 하나같이 별로다.

어묵탕이나 생선조림 등에 부재료로 넣는 무가 오히려 백미라며 먼저 먹으려는 사람들이 많고, 일본에는 심지어 무만 달랑 메인 재료가 되는 요리도 많다. 나는 무를 국물을 내기 위한 용도로 쓰는데 그마저도 아주 가끔이다. 시원하다고들 표현하는 특유의 감칠맛과 향이 음식에 너무 도드라진다. 익히지 않은 무를 사용하는 무김치나 보쌈 무김치, 치킨 무는 그나마 괜찮지만 그마저도 물렁해지면 못 먹는다.

『먹는 단식 FMD』의 저자 정양수 원장은 무말랭이를 반찬으로 먹는 것은 물론 밥 지을 때도 넣고 심지어 살짝 불려서 볶음밥에도 넣는다. 엄마는 어릴 때부터 무 반찬을 식탁에 종종 올리셨다. 무말랭이 오징어무침, 무생채, 무나물, 무국, 무 조림, 무쌈말이, 동치미 등등 무를 활용해 만들 수 있는 반찬은 생각보다 다양하다.

저렴한 가격에 다양한 활용이 가능하고, 김치까지 만들어 먹을 수 있으니 좋은 식재료임에는 틀림없다. 게다가 무는 영양면에서도 훌륭하다. 각종 소화 효소가 많이 함유되어 천연 소화제로 불린다. 식이섬유가 풍부해 변비 예방, 당 흡수 지연에도 도움이 되고 말리면 영양이 더 높아진다고 한다.

그럼에도 불구하고, 무는 좋아하는 당신께 제가 양보하겠습니다.

식사를 할 때 나는 디저트를 먹기 위해
먹는 양을 조절한다.

037

신경숙, 『효자동 레시피』(SOMO, 2009)

뷔페에 가면 그 사람의 음식 취향을 단박에 파악할 수 있다. 음식의 가짓수는 많고 각자 먹을 수 있는 양은 한정되어 있기에 누구나 최선의 선택을 할 수밖에 없다.

분기별로 뷔페에 가는 모임이 있다. 뷔페에서는 접시에 올린 음식 구성이 한눈에 보이고 먹는 양은 물론 좋아하거나 싫어하는 음식, 먹는 속도 등 식습관이 고스란히 드러난다. 각자의 성격만큼이나 접시 구성 또한 다채롭다. A는 접시의 반을 디저트로 채우는데 나는 디저트를 아예 생략할 때가 많다. 디저트를 먹느니 메인 요리를 하나라도 더 먹자는 주의다.

만족스러운 식사를 하고 나면 디저트를 위한 배는 나에게 남아 있지 않다. 식사의 끝이 꼭 디저트로 귀결되어야만 하는 건 아니지 않나. 누구에게는 디저트가 아이스와인 같은 한잔의 술일 수도 있고, 유튜버 '천뚱'에게는 입가심으로 먹는 밥이 디저트다. 그러니 꼭 달콤한 디저트를 챙겨야 한다는 강박에서 벗어나자. 때로는 디저트 없이 식사만으로 더할 나위 없이 충만할 수 있다.

★★★: 요리가 매우 훌륭하여
맛을 보기 위해 특별한 여행을 떠날
가치가 있는 레스토랑
★★: 요리가 훌륭하여 멀리 찾아갈 만한
가치가 있는 레스토랑
★: 요리가 훌륭한 레스토랑

미쉐린 가이드 파트너, 『미쉐린 가이드 서울』(미쉐린코리아)

미쉐린타이어 회사에서 구매 고객에게 나눠 주던 자동차 여행 책자에서 출발한 『미쉐린 가이드』 서울편이 2016년 발간되며 한국에도 미쉐린 별을 단 레스토랑이 등장했다.

영화 『더 셰프』 『아메리칸 셰프』, 드라마 『그랑 메종 도쿄』, 웹툰 『미슐랭 스타』 등 자신의 모든 것을 걸고 별을 따거나 유지하기 위해 분투하는 셰프의 이야기들을 종종 만난다. 별을 받았다고 해도 끝이 아니라 후속 평가에 의해 별이 박탈되거나 상승할 수 있으므로 매년 긴장할 수밖에 없다.

프랑스에서 『미쉐린 가이드』를 유료로 판매한 것이 1922년이니 이제 100년이 넘었다. 이제는 자동차가 아니라 비행기로 여행하는 시대라 프랑스에서 전 세계로 그 폭이 넓어졌다. 오랫동안 미식가들이 기준으로 삼아 온 권위 있는 지침서인 만큼, 나 역시 여행을 갈 때면 우선적으로 참고한다.

서양인들에게 접대하기 좋은 레스토랑만 선정된다는 의견, 돈을 받고 별을 달아 준다는 의혹, 외국인들이 타국의 식문화 가치를 판단하는 것이 옳은지 등 의구심과 비판은 여전히 존재한다. 합리적인 가격의 '빕 구르망'을 제외하면 별을 단 레스토랑 대부분이 파인다이닝이라 가격 부담도 크다. 그럼에도 아직 별을 달지 못한 훌륭한 곳은 있을지언정 등재된 레스토랑들은 충분히 별을 받을 만한 곳이라고 생각한다.

2023년 국내 미쉐린 3스타는 '가온'과 '모수' 2곳, 2스타는 8곳, 1스타는 25곳이다. 코로나19 이후 어려워졌던 세계 미식 여행을 이제 국내에서 즐기는 것도 괜찮은 선택일 것이다.

잔치

경사에 음식을 차려 놓고 손님을 청하여
먹으며 즐기는 풍습.

한국정신문화연구원, 『한국민족문화대백과사전』
(한국정신문화연구원, 1979~1991)

왁자하게 모여서 식사하는 것을 좋아한다. 초등학교 때 생일이면 같은 반 친구들을 집으로 모두 불러 파티를 열었고, 크리스마스나 명절에 가족, 친척과 모이는 식사 자리도 즐거웠다. 심지어 일 년에 열두 번이던 제삿날도 기다렸다! 어른이 되어서는 직접 파티를 열었다. 파티의 호스트가 되는 것이 부담스럽지 않고, 힘듦보다 흥겨움이 더 크다. 참석한 사람이 많으면 많을수록 그렇다.

오래 남아 있는 잔치의 기억 두 가지 중 하나는 20대 중반 내 생일 파티다. 당시 핫하던 홍대 앞 '클럽 에반스'를 덜컥 빌리고 공연을 위해 재즈 뮤지션까지 섭외했다. 내 사진으로 만든 핸드메이드 초대장을 건네며 100명을 초청했고, 역시 내 사진을 활용한 포스터를 재즈 바 곳곳에 붙였다. 안주도 직접 만들어 제공했다. 마술·게임·춤 등 직접 다양한 이벤트를 진행하면서 선물도 줬는데, 지금 생각하면 무슨 무모함이었나 싶다.

다른 기억은 뉴질랜드에서 연 엄마의 환갑잔치. 이모는 테이블을 꽃으로 가득 꾸몄고 동생과 나는 약식으로 케이크를 만들었다. 남자들은 바비큐 그릴에 불을 지폈고 여자들은 채소를 썰어서 월남쌈을 준비했다. 맥주·소주·와인이 큰 아이스 버킷에 가득 담겼다. 테이블에서 시작된 식사는 마당의 돗자리로, 다시 집안으로 이어졌다.

조선시대에는 잔치에 올릴 음식을 준비하려고 별도로 임시 주방까지 설치했다고 하니, 음식과 잔치에 진심인 민족임을 알 수 있다.(나 또한 뼛속까지 한국인임에 틀림 없다!) 그리고 『한국민족문화대백과사전』은 잔치에 대해 이렇게도 말한다.

"잔치는 사람과 사람 사이의 벽을 허문다."

그렇다. 잔치만큼 우리의 관계를 더 친밀하게 해 주는 이벤트가 또 있을까.

명란젓은 짝만 잘 만나면 한식, 일식, 양식에
모두 어울리는 신비의 젓갈이다.

040

고정연, 『요나의 키친』(나비장책, 2012)

비린 맛을 좋아하지 않아서 먹을 수 있는 젓갈이 거의 없는데 명란젓은 예외다. 2019년 부산 초량에 본사가 있는 덕화명란과 행사를 진행하면서 명란에 대해 더 깊이 알게 됐고, 알수록 매력적인 식재료임을 느낀다.

명란은 명란 카르보나라 · 명란 구이 · 명란 달걀말이 · 명란 달걀찜 · 명란 솥밥 · 명란 크림 우동 · 명란 마 무침 등 폭넓은 변주가 가능한 식재료다. 따뜻한 밥과 참기름, 김과 쪽파를 올리면 다른 반찬 없이 일품 덮밥이 되고, 구워서 바게트 위에 올리면 훌륭한 타파스가 된다.

명란이 일본에서 많이 소비되고 다양한 형태로 가공 · 제조되어 일본 전통 음식으로 아는 경우도 많은데 원조는 한국이다. 명란은 우리나라 대표 생선인 명태가 많이 잡히면서 먹기 시작했으며, 조선 시대 말의 중요한 산업 중 하나였다. 알은 명란젓, 창자는 창난젓으로 가공한다. 명란젓은 『오주연문장전산고』라는 문헌에 처음 기록됐으며 1800년대 말에 간행된 것으로 추정되는 작자 미상 조리서 『시의전서』에서 만드는 법에 대한 기록을 찾을 수 있다. 함경도가 기원이며 한국전쟁 이후 수급이 원활하지 않자 남해에서 자체 생산하며 부산 초량동에서 지금의 스타일로 먹기 시작했다고 한다.

요즘의 명란은 러시아 · 중국 · 북한 등지에서 가공한 것을 젓갈로 담근다. 트렌드에 맞게 저염 명란이나 백명란 같은 건강을 고려한 제품이 나오는 등 다양한 선택지가 있으니 염분 걱정은 살짝 내려놓자.

나는 뜨끈한 국에 공깃밥을 말아 후루룩 먹는 걸
좋아한다. 과음으로 속이 엉망일 때, 추위에
떨고 몸이 허할 때 사람들은 국밥을 먹는다.
온갖 재료가 국물에 포근하게 우러나 지치고
아픈 속을 위로해 주는 국밥의 맛, 나는 국을
끓이고 마시면서 나를 위로한다.

하정우, 『걷는 사람, 하정우』(문학동네, 2018)

한식을 떠올리면 김치찌개, 미역국 같은 국물 요리가 가장 먼저 생각난다. 국물 없이 밥을 먹으면 못내 아쉽다. 도시락을 가지고 다니던 중·고등학교 시절에는 보온 도시락에 포함된 국그릇이 작아서 큰 보온 국통을 따로 들고 다녔을 정도다.

우리나라 각 지역의 다양한 색채가 국물 요리에 녹아 있다. 서울식 장국밥과 설렁탕·전라도식 콩나물국밥·부산식 돼지국밥·나주식 곰탕·경기도식 소머리국밥과 해장국밥·충청도식 순대국밥 등 우리가 아는 국밥만 해도 손에 꼽기 힘들 정도다. 국물 요리가 발달한 이유는 전쟁 때문이라는 주장도 있고, 물이 깨끗해서 약간의 고기와 채소만으로 많은 양의 음식을 만들 수 있기 때문이었다는 주장도 있다. 모두 가난과 무관하지 않다.

조선시대 후기의 한 문헌에 "국밥은 얇게 썰어 조린 소고기를 장국에 말은 밥 위에 얹어 먹었다"라는 기록이 있던 걸 보면 우리는 그 이전부터 국밥을 먹었던 것 같다. 장국밥은 양지머리 국물을 사용하고 소금 대신 간장·된장 등으로 간을 맞추며, 고기를 꿴 산적이나 나물 등을 올리기도 했다고 한다. 사극을 보면 종종 장국밥을 먹는 장면을 보게 되는데 국에 밥을 말아 토렴해서 나온다. 이것을 일부 양반이 상스럽다 여겨 국과 밥을 따로 내어 먹도록 했고, 이후 '따로국밥'이 생겼다.

국은 메인 요리라고 부르기에 충분하다. 각종 건더기가 풍부하고, 영양 면에서도 훌륭하다. 똠얌꿍·스튜·라따뚜이·부야베스 등 다른 나라의 메인 요리와 견주어도 부족함이 없다.

내게 국물 한 그릇은 따스함의 다른 말이다. 속을 편안하게 하는 것, 마음을 안정되게 하는 것, 입맛이 돌게 하는 것, 하루를 버틸 에너지를 주는 것. 한식이란 내게 그런 것이다.

잔을 비운 여자는 일어났고 그는 그녀에게
말을 걸지 못했다. 다시 혼자 남은 바에서 그는
두 번째 잔으로 그녀가 시켰던 김렛을 시켰다.
라임 섞인 달고 독한 술이 혀끝에 닿았다.

김종관, 『골목 바이 골목』(그책, 2017)

김렛. 진과 라임주스를 넣어서 만드는 영국 태생 칵테일이다. 라임주스를 넣어서 산미가 강하고 레몬보다 향이 더 풍부하다. 생라임을 사용할 때는 설탕을 넣기도 하며, 진 대신 보드카를 넣으면 보드카 김렛이라 부른다.

레이먼드 챈들러의 소설 『기나긴 이별』에서 필립 말로는 이렇게 말한다.

"여기 사람들은 김렛 만드는 법을 잘 모릅니다. 사람들이 김렛이라고 부르는 것은 그냥 라임이나 레몬주스와 진을 섞고 설탕이나 비터를 약간 탄 것에 지나지 않아요. 진짜 김렛은 진 반, 로즈사의 라임주스 반을 섞고 그 외에는 아무것도 섞지 않는 거죠."

필립이 얘기하는 대로 칵테일을 만들어 마시면 아마 그 즉시 취할 것이다.

진과 보드카 베이스 칵테일을 선호하는 나는 처음 가는 바에서는 항상 김렛을 시켜 본다. 김렛을 잘 만들면 다른 칵테일도 믿고 맡길 수 있다는 믿음이 있다. 김렛은 셰이킹을 강하게 해야 하고 푸어링에도 스킬이 필요하다. 간단한 레시피일수록 잘 만들기 어렵다는 생각인데, 김렛 역시 의외로 맛있게 하는 곳을 찾기 힘들다.

언젠가, 필립이 말했던 진짜 김렛을 파는 멋진 바를 만나고 싶다. 혼자 김렛을 주문해 한 모금 입에 머금고 신맛에 미간을 살짝 찡그릴 때, 옆자리에 앉은 멋진 남자가 말을 걸어 오는 순간을 상상해 본다.

함께라면 우리는 주종과는 상관없이 무조건
행복했다. 그날도 나는 그녀의 동네에 놀러가
술을 마시고 있었다. 한참 취해 갈 무렵 갑자기
재미있는 생각이 떠올라 나는 그녀에게
한 가지 제안을 했다. 어차피 우린 미각의
기호도 잘 맞고 음식도 가리는 것이 없으며,
결정적으로 술만 있으면 행복할 테니까,
이 근처의 술집을 모조리 가 보면 어떨까 하는
제안이었다. 그것도 골목 첫 집부터 순서대로.

남궁인, 『제법 안온한 날들』(문학동네, 2020)

그와 사귀기로 한 다음부터 특별한 일이 없는 보통날이면 우리는 저녁을 같이 먹었다. 퇴근 후 그가 우리 집 근처 담벼락에 차를 세우고 나면 우리는 동네 맛집으로 향했다. 우선순위는 술을 마실 수 있는 곳, 그리고 늦게까지 영업을 하는 곳. 동네 맛집은 한정적이라 곧 자연스럽게 옆 동네 탐방으로 이어졌다. 남영역·숙대입구·삼각지·동부이촌동·공덕·마포……. 돼지갈비부터 닭갈비·스테이크·누룽지 통닭·탕수육……. 그날그날 먹고 싶은 메뉴를 먼저 결정한 뒤 주변 맛집을 찾아가는 식이었다.

새로운 곳을 좋아하는 나와 취향에 큰 고집을 부리지 않던 그. 우리가 한 번 갔던 곳을 다시 가는 일은 흔하지 않았다. 집 주변 맛집 탐방도 흥미를 잃어 가고, 이미 갔던 고깃집에서 같은 메뉴를 두세 번 먹었을 때쯤, 우리는 헤어졌다.

지금 나는 예전의 집과 약간 떨어진 동네에 산다. 가끔 버스를 타고 그 주변을 지날 때면 매일 밤, 새로운 식당을 찾아가던 날들이 떠오른다. 별다른 대화 없이도 어색해하지 않고 오로지 먹고 마시는 데 집중한 나날들 말이다.

내 인생에 일어난 모든 좋은 일은
요리 때문에 생겼어.

044

영화 『아메리칸 셰프』(존 파브로 감독, 2015)

영화 『아메리칸 셰프』에서 칼 캐스퍼가 아들 퍼시에게 한 말이다. 칼의 실수로 인해 걷잡을 수 없는 일이 벌어지고, 결국 그는 레스토랑을 그만둔 뒤 아들과 미국 전역을 일주하며 푸드 트럭 사업을 준비한다. 칼은 아들에게 이렇게 말한다.

"내가 뭐든지 잘하는 건 아냐. 난 완벽하지 않아. 최고의 남편도 아니고, 미안하지만 최고의 아빠도 아니었어. 하지만 이건 잘해. 그래서 너와 나누고 싶고, 내가 깨달은 걸 가르치고 싶어. 요리로 사람들의 삶을 위로하고, 나도 거기서 힘을 얻어."

음식을 통해 만난 인연들과 관계를 이어 오고 있다. 사진가·푸드 스타일리스트·저자·디자이너·영상가·모델·에디터까지. 잡지와 단행본 에디터로 푸드 콘텐츠를 함께 만들며 알게 된 인연들이다. 일하며 만난 사람들과 알아 온 시간이 이제는 학창 시절 친구들과 보낸 시간보다 더 길다. 음식이라는 같은 관심사를 갖고 있으니, 그만큼 재미있는 대화를 할 확률도 높다.

생각해 보니 나 역시 인생에 일어났던 행복한 일, 좋은 일은 요리를 매개로 이어져 온 듯하다. 좋은 구두가 좋은 곳으로 데려다준다고 하지 않나. 좋은 음식이 앞으로 어떤 인연에게로 날 데려다줄지 흥미롭게 기다려 볼 생각이다.

약속 장소를 정하고, 괜찮은 음식점을 고르는 데
수고가 든다는 걸 알아주는 사람이 좋다.
"덕분에 좋은 음식점 알았다"고 고마워해 주는
사람을 남기고 싶다.

서밤 외, 『마음의 구석』(문학동네, 2019)

지인들과의 식사 자리 예약은 보통 내가 하는데 생각보다 에너지가 필요하다. 일행이 못 먹는 음식이 있는 건 아닌지, 쉽게 갈 수 있는 위치인지, 2차 이동 동선은 괜찮은지, 가격대는 적당한지, 예약은 언제 어떤 방식으로 가능한지 등을 모두 고려해야 한다. 요즘 핫한 식당들은 선입금이 필요하거나, 지정한 날에만 예약을 받거나, 전화조차 두지 않는 곳이 많다. 그나마 예약이 가능한 경우에 그렇고, 몇 달째 예약조차 못하는 곳도 있다.

모임에 참석할 일행의 의견을 수렴해 최선의 선택을 한 식당에 예약까지 성공하는 게 쉽지 않다는 말이다. 요즘에는 이런 뒷면의 수고로움을 알아 주는 세심한 사람을 만나고 싶다. 반면 이런 사람들과는 멀어지고 싶다. 타인의 감정에 무딘 사람, 감정표현을 숨기는 사람, 배려를 당연히 여기는 사람, 진심을 이용하는 사람.

어쩌다 보니 최근 몇 년간 친했던 사람들과 더는 연락하지 않는 일이 종종 있었다. 그전까지만 해도 영화 『봄날은 간다』에서 "사랑이 어떻게 변하니?"라고 외치던 남자주인공처럼 모든 인연들과 평생 함께 할 거라고 생각했던 나다.

좋아하는 음식이 어느 날 바뀌고, 혐오하던 음식을 먹게 되기도 하고, 갑자기 특정 음식에 알러지가 생기기도 한다. 음식에 대한 기호와 취향, 식성도 변하기 마련인데 사람 마음이야 더하겠지.

어느 날 갑자기 멀어져 갔던 사람들을 떠올려 본다. 문득 가슴이 서늘하다. 혹시 내가 그런 사람이었던 것은 아니었나.

특별한 날은 특별해서, 평범한 날은
평범해서, 슬픈 날은 슬퍼서, 기쁜 날은
기뻐서 김밥이 어울린다.

046

박연준, 『모월모일』(문학동네, 2020)

김밥은 우리나라에서 대표적으로 평가 절하된 음식이 아닐까. 끼니를 때우기 위한 음식이나 분식으로 규정 짓기엔 너무 아쉽다. 김밥은 제대로 값을 치르고 먹어야 할 음식이다.

식사는 밥과 반찬의 식감·맛·색·영양이 조화롭게 어우러져야 한다. 단단함·쫄깃함·아삭함 같은 다채로운 식감에다, 각 음식의 색에 치우침이 없어야 한다. 단맛·짠맛·새콤한 맛 등 오미를 느낄 수 있고, 단백질·탄수화물·지방·비타민 등 다양한 영양소를 고려해야 완벽한 식사 구성이라 할 수 있겠다. 이 조건에 부합하는 음식이 김밥이다.

김밥은 스킬이 필요한 음식이기도 하다. 각각의 재료를 따로 볶거나 양념하는 수고로움은 기본. 밥이나 속 재료를 제대로 식히지 않으면 김이 눅눅해지고 금세 쉰다. 적절하지 않은 타이밍에 적정한 힘을 주지 못한 채 말거나 썰면 옆구리가 쉬이 터진다. 김발, 도마, 칼 등 도구 관리에 소홀하면 세균이 금세 증식해 식중독에 걸리기도 쉽다. 같은 재료로 준비해도 맛이며, 돌돌 만 모양이며, 잘랐을 때의 너비나 크기 등등이 천차만별이다. 시간과 정성이 필요한 음식이라 특별한 날에만 집에서 만드는데, 언제 어디서나 저렴한 가격으로 간편하게 사 먹는 음식이기도 하니 참 아이러니하다.

언제부터인지 채소나 해물을 넣은 김밥이 좋아지기 시작했다. 잡지 에디터 시절 스님들과 요리 촬영을 종종 했는데 그때 두부를 넣은 채식 김밥을 맛본 이후로는 바삭하게 익힌 뒤 간장 조림한 두부를 넣은 김밥도 좋다. 어른의 맛을 조금씩 이해하게 된 요즘은 그토록 싫어해서 항상 골라내곤 했던 우엉조림이 들어간 엄마의 김밥도 가끔 먹고 싶다.

단골이 되는 일은 그런 것이 아닐까.
특정 메뉴를 좋아하는 것을 뛰어넘어
그 집의 디테일 하나하나까지 마음에
담는 일, 밥을 먹는 동안만큼은
기꺼이 그 집의 식구가 되는 일.

047

오은, 『다독임』(난다, 2020)

단골집이 많지 않다. 늘 새로운 곳을 가려는 성향이고, 맛있어도 같은 걸 자주 먹고 싶지 않은 마음도 있어서다. 그럼에도 단골집은 있고, 두 번 다시 가지 않은 식당도 있다. 음식이 맛있음에도 단골이 되지 않는 이유를 생각해 봤다.

1 매장 내외부가 청결하지 않거나 음식 조리 상태가 위생적이지 않다는 생각이 들 때.

2 음식 값이 과하게 비싸거나 질이 좋지 않은 재료를 사용했다는 느낌이 들 때.

3 사장이나 직원의 서비스나 태도가 무례하거나 미숙하거나 과할 때.

4 예약이 너무 힘들거나 웨이팅이 지나칠 때.

5 너무 멀리 찾아가야 할 때.

이런 이유로 내 단골집 리스트는 한정적이다.

얼마 전 동네 단골 와인 바가 문을 닫았다. 마지막 날, 최근에 만든 책을 사장님에게 선물했고, 그는 말없이 내가 좋아하던 뮤지션의 LP를 연이어 틀어 줬다.

단골집은 내 집 같아야 한다고 생각했다. 그 공간에 있는 동안은 음식도, 음악도, 화장실도, 대화도 불편하지 않아야 했다. 그래서 기준에 맞는 곳만을 한정적으로 다녔다. 그런데 생각해 보니 나는 그 집에 초대 받은 손님이었다. 초대 받은 시간 동안 주인이 준비한 음식을 잘 먹고, 준비한 공간과 분위기를 즐기고 그에 합당한 비용을 지불하면 되는 것이었다. 조만간 단골집이 몇 군데 더 생길 것 같다.

파스타를 삶기 전에 소스를 만들어 놓는 것은
괜찮지만 그 반대는 안 된다. 미리 만들어
두어도 괜찮은 음식은 무엇이고 만들자마자
바로 식탁에 내야 하는 음식은 무엇인지
파악하는 것은 매우 중요하다.

048

칼 피터넬, 『열두 가지 레시피』(구계원 옮김, 이봄, 2019)

요리에서 진짜 승부를 가르는 진검은 조리 순서다. 멀티태스킹을 해야 하는 요리의 특성상 타이밍을 놓치면 요리 시간이 길어지고 결국 적절한 맛과 식감, 온도를 지킬 수 없어서 실패하고 만다. 요리하는 모습을 5분만 지켜봐도 요리를 잘하는지 못하는지가 바로 판가름 된다. 같은 시간에 요리를 시작하더라도 요리 하수는 무엇을 먼저 해야 하는지, 어떤 순서로 조리해야 하는지 몰라 허둥대기 마련이다. 이를테면 국수를 만드는데 국물을 내기 전에 면을 먼저 삶아서 퉁퉁 붇게 하거나 숙성이 필요한 양념을 마지막에 만들기 시작하는 식이다.

안타깝게도 요리 순서에 대한 감각은 일정 수준에 올라야 길러진다. 그래서 레시피가 중요하다. 음식 만드는 순서를 생각하면서 쓴 정확한 레시피는 초보들에게 혼란을 주지 않고 장차 요리 스킬을 업그레이드하는 데 많은 도움을 준다. 반대로 엉망인 레시피는 요리를 포기하게 하는 데 일조하기도 한다. 레시피의 중요성은 아무리 말해도 과하지 않다.

'그릇은 음식의 옷'이라고 표현한 예술가가 있습니다. 맛있는 요리도 아무 그릇에나 담으면 '눈요기'라는 재미있고 중요한 과정이 사라집니다.

마쓰우라 야타로, 『일의 기본 생활의 기본 100』(오근영 옮김, 책읽는수요일, 2016)

그릇은 메이크업과도 같아서 음식을 올리고 나면 원래와 전혀 다른 모습이 되기도 한다. 민낯 그대로 예쁘면 가장 좋겠지만 그게 아니라면 메이크업의 도움을 받아야 하지 않나. 블러셔를 예로 들어 보자. 어떤 질감의 어떤 컬러를 택해서 어느 부분에 어떻게 바르는지에 따라 얼굴이 전혀 달라 보인다. 또 값비싼 블러셔를 사 놓고 아낀다고 쓰지 않다가 어느 날 꺼내 보면 이미 유행이 지나 촌스러워 보이기도 한다.

음식을 완성했다면 음식에 어울리는 그릇으로 메이크업을 해서 식탁에 올리자. 중요한 것은 아무리 예쁜 블러셔라도 내 얼굴에 맞지 않으면 포기하는 게 나은 것처럼 그릇은 무조건 음식이 돋보일 것으로 선택해야 한다는 점이다.

요리가 완성되면 음식을 돋보이게 해 줄 그릇을 잘 골라 식탁에 올리자. 매일 먹던 메뉴가 다르게 느껴지는 신묘한 경험을 할 수 있을 것이다.

"맛있는 버터를 먹으면,
난 뭔가 이렇게 떨어지는 느낌이 들어요."
"떨어져요?"
"그래요. 붕 날아오르는 게 아니라, 떨어져요.
엘리베이터에서 한 층 아래로 쑥 떨어지는
느낌. 혀끝에서 몸이 깊이 가라앉아요."

050

유즈키 아사코, 『버터』(이봄, 2021)

향과 맛이 자극적이지 않으면서 다른 재료와 조합하면 감미로운 동시에 파워풀해지며 탐닉하게 만드는 재료. 내가 생각하는 버터의 매력이다. 갓 구운 빵과 버터 한 조각의 환상적인 조합은 아침부터 운동을 하게 만드는 원동력이 되기도 한다.

"지구로 운석이 날아와 30일밖에 살 수 없다면 전 버터를 먹으며 보낼래요."

영화 『줄리 앤 줄리아』에서 블로거 줄리 포웰은 이렇게 말한다.

요리를 즐기는 사람들에게 버터는 욕심을 부릴 수밖에 없는 중요한 재료다. 서양 요리에는 더욱 그 힘을 더한다. 스테이크, 파스타, 수프, 생선 요리 등에 넣는 한 조각의 버터는 음식의 풍미를 완전히 달라지게 하는 마법을 부린다.

빵에 바르거나 버터 간장밥 정도로 버터를 소비해 왔던 우리나라에서도 얼마 전부터 버터 열풍이 불고 있다. 미국 내 버터 소비를 증가시켰다고 평가 받는 BTS의 노래 「버터」는 논외로 하더라도, 각종 매체나 맛집을 통해 소개된 레몬 딜 버터, 앙버터, 잠봉뵈르 등의 메뉴가 인기를 끌면서 국내 버터 시장이 급성장 중이다.

미식을 즐기는 이들에게 버터는 도저히 끊을 수 없는 대표적인 '길티 플레저'다. 나만 해도 식빵 한 조각에 라콩비에트 버터 한 개를 모두 발랐다가 슬쩍 반을 덜어내고는 한다.

「노력하지 않고도 삶을 약간 나아지게 하는 100가지 방법」이라는 『가디언』 기사에서 제시한 35번째 방법은 다음과 같다.

"가염버터를 먹어라. 무염버터를 먹기에 인생은 너무 짧다."

어차피 먹을 거면, 칼로리 따지지 말고 즐겁게 먹자.

이제는 친구들과의 연말 모임에 샴페인
한 병을 사들고 홈파티에 갈 수 있고,
밖에서든 집에서든 여전히 알코올은 싫지만
비슷한 기분전환이 필요할 때 식전주로
탄산수를 마신다.

신미경, 『나의 최소 취향 이야기』(상상출판, 2020)

"탭 워터 괜찮아요? 아니면 스틸 워터나 스파클링 워터를 줄까요?"

2000년대 초반, 해외여행 중 식당에서 물을 달라고 했더니 웨이터가 물었다. 물을 돈 주고 사 먹다니! 탭 워터는 뭐고 스틸 워터는 또 뭐란 말인가. 얼떨결에 그나마 익숙한 스파클링을 골랐더니 웨이터는 유리병을 가져와서는 트위스트 캡을 열어 물잔에 따라 주었다. 단맛 빠진 사이다가 이럴까. 톡 쏘는 탄산이 가득한데 시큼씁쓰레한 맛. 스파클링 워터와의 첫 만남이었다.

탭 워터는 수돗물, 스파클링 워터는 이산화탄소가 함유된 물, 스틸 워터는 탄산이 함유되지 않은 물이라는 것은 나중에야 알았다. 이후 다양한 탄산수를 접하게 되고 선택의 기준도 생겼다.

탄산수의 맛은 생각보다 다양하다. 물은 산성이면 신맛, 알칼리성(칼슘, 칼륨)이 강하면 단맛을 띠며, 미네랄 함량이 높으면 비린 맛, 마그네슘 함량이 높으면 쓴맛이 난다고 한다. 탄산수에서는 내가 싫어하는 비린 맛이 잘 느껴지지 않고 신맛과 쓴맛이 두드러져 취향에 잘 맞는다. 향이 강한 탄산수는 음식의 맛을 해친다고 느낄 때가 종종 있어서 플레인을 선호한다. 아무것도 첨가되지 않았을 때 물 고유의 맛을 제대로 느낄 수 있다.

국내에서도 파인다이닝이나 호텔 식당, 고급 바에서는 어떤 물을 마실지 묻는다. 음식과 함께 할 와인을 고르듯 어떤 물을 선택하는지에 따라 음식에 대한 인상이 달라질 수 있다. 탄산수는 식사 중간중간 입안을 개운하게 정리해 준다. 톡 쏘는 맛이 미각을 돋워 줘 재료의 맛을 더 예민하고 즉각적으로 받아들이게 한다. 게다가 소화가 잘되는 듯한 느낌까지! 참고로 강한 탄산감이 느껴지며 쓴맛이 강한 것은 고기나 해산물처럼 무겁고 양념이 강한 메인 요리와, 약한 기포의 가벼운 탄산수는 샐러드나 가벼운 애피타이저와 마시면 좋다.

그래서 오타니 씨의 치즈가 아니면 안 돼요.

영화 『해피 해피 레스토랑』(후카가와 요시히로 감독, 2020)

인상 깊은 음식이 무엇이었냐는 질문에 "제임스의 브리치즈"라고 대답한 적 있다.

16년이 훌쩍 지났지만 '머드 브릭'에서의 식사는 여전히 인상적으로 남아 있다. 머드 브릭은 훌륭한 와이너리들이 즐비한 뉴질랜드 와이헤케 섬에 위치한 와이너리 레스토랑이다. 가는 길이 편하지는 않았다. 와이헤케까지는 오클랜드시티에서 배를 타고 40분 정도 가는데, 다시 버스를 타고 내려서 또 걸어야 한다. 이곳은 주말에는 웨딩 파티가 열리는 일이 많아 평일에 가야 했는데, 평일에는 코스 요리만 먹을 수 있었다.

이 코스 요리 중간에 바로 '제임스의 브리치즈'가 나왔다. 유기농 원유로, 제임스가 만든 크래프트 치즈인데, 미식 경험의 폭이 좁았던 그때는 '중간에 왜 치즈를 먹지?'라는 생각을 했다. 뉴질랜드에 거주 중이라 수많은 크래프트 치즈 숍을 즐겨 다니며 퀄리티 좋은 치즈를 자주 접했는데, 이 치즈는 정말 달랐다! 이전과 이후로 치즈를 평가하는 기준이 달라질 정도였다. 콤콤한 흰색 외피는 그 향이 잘 숙성되어 거슬리지 않았으며, 외피를 살짝 깨물면 스르륵 고소하면서도 풍부한 향이 가득 머금어지면서 쫀득한 외부와 가장 속 깊은 곳의 부드럽고 농밀한 부분이 섞여 부드럽게 입안을 감쌌다. 중심부는 부드럽되 흘러내리지는 않았으며, 입 속에 넣자 씹을 새도 없이 사르르 매끄럽게 목을 타고 넘어갔다. 목구멍을 내려가는 동시에 묵직한 풍미가 남았다. 숙성된 지방이 풍부하게 함유된 고급 치즈. 잘 만든, 흠잡을 데 없이 완벽한 치즈란 이런 것이구나.

『해피 해피 레스토랑』 속 오타니 씨의 치즈도 궁금하지만 사실 제임스의 브리치즈를 다시 한번 먹고 싶은 마음이 더 간절하다.

식탁 위에 오른 북경오리구이는
세 가지 방법으로 먹는다 하여
'카오야 산쯔'라는 말이 전해 온다.

권운영 외, 『중화미각』(문학동네, 2019)

북경오리구이 전문 식당에 세 번 가 봤다. 공교롭게도 세 번 모두 북경오리를 제대로 먹지 못했다.

첫 경험은 상하이에서다. 가이드북에서 찬사를 가득 담아 소개한 고급 레스토랑이었다. '언제 또 먹겠냐'며 큰 맘 먹고 북경오리를 주문했더니 잠시 후 요리사가 카트를 밀고 우리 테이블로 왔다. 구웠지만 딱 봐도 한 마리 그대로인 오리를 들더니 갑자기 목을 비트는 게 아닌가! 그러더니 곧바로 칼로 오리를 해체해 먹기 좋게 썰기 시작했다.

잠시 후 그 오리가 식탁에 올라왔는데 통 식욕이 생기지 않았다. 머뭇거리다 용기를 내 집어든 오리의 껍질은 바삭하고 기름졌다. 오리고기를 첨면장에 콕 찍은 뒤 밀전병에 싸서 입에 넣었다. 고기는 쫄깃했고 잡냄새도 느껴지지 않았지만 첨면장의 강한 향과 오리 머리의 환영이 뒤섞여 갑자기 멀미를 할 것 같았다. 결국 몇 점 먹지 못했다.

나머지 두 번은 청담동의 중식당 '덕후선생'과 '더라운드'에서다. 고급스러운 인테리어와 그에 걸맞은 가격. 상하이와는 달리 오리고기는 처음부터 잘 손질돼 접시에 담겨 나왔다. 첨면장, 파, 밀전병…… 그때와 구성은 같지만 접시도 접객도 분위기도 트렌디하고 세련됐다. 맛있게 먹지 못한 이유는 함께 식사를 한 동행이 불편했던 탓이 크지만 여전히 첫 번째의 기억과 맛이 뇌리에 남아 있었던 이유도 있다.

『음식이 상식이다』에서 저자 윤덕노는 "음식 맛을 좌우하는 것은 혀끝의 자극이 전부는 아닌 것 같다. 오히려 함께 먹는 사람이 누구인지, 어떤 분위기에서 먹었는지에 따라 맛이 달라진다"라고 했다.

아마도 네 번째의 북경오리구이는 당분간 없을 것 같다.

대부분의 사람들은 손님을 초대할 때 과하게
꾸미고 치장하는 경향이 있다. 손님 초대를
단순한 상차림의 기회로 삼으면 어떨까.
예를 들면 자몽을 한 입 크기로 자르거나
잘 익은 포도를 대접에 담아도 애피타이저로
훌륭하다.

054

줄리 포인터 애덤스, 『와비사비 라이프』(박여진 옮김, 윌북, 2017)

손님을 초대하면 요리를 하느라 준비 전부터 스트레스를 받고, 요리하는 데 지치고, 정작 만든 후에는 음식을 먹지도 못하고 치우느라 고생하던 시절도 있었다. 이후로는 음식의 가짓수를 줄이고 밸런스를 고려해 꼭 필요한 메뉴 한두 가지만 정해서 최대한 단순하게 준비하고 나머지는 배달을 시키거나 시판 제품을 활용한다. 가볍게 먹을 애피타이저나 안주, 디저트 등을 사서 내면 힘이 덜 들고, 여기에 몇 가지 아이디어만 더하면 레스토랑 못지않게 근사해진다.

간단하지만 폼 나는, 내가 즐겨 만드는 플레이트 몇 가지를 소개한다.

- **과일구이** 참외·살구·천도복숭아·멜론·수박과 같은 단단한 과일을 그릴 팬이나 석쇠에 굽는다. 구운 초리조와 고수를 다져 올리고, 올리브유·소금·후추를 뿌리고 라임 한 조각을 곁들인다.
- **체더치즈** 체더를 그냥 잘라서 내도 좋고, 웨지감자구이나 감자튀김에 그레이터로 길게 갈아서 올린다. 또는 큐브 모양으로 체더를 자른 뒤 멜론, 샤인머스캣과 섞고 랜치 드레싱, 후추로 버무리면 끝.
- **치즈 구이** 카망베르치즈나 브리치즈에 건포도·잘게 부순 호두·꿀을 뿌린 뒤 섭씨 200도로 예열한 오븐에 5분 정도 굽는다. 그대로 접시에 담거나 식빵 위에 올려서 내도 좋다.
- **식빵** 식빵에 머스터드를 얇게 바르고 체더를 올린 뒤 식빵으로 덮는다. 버터를 바른 그릴 팬에 앞뒤로 노릇하게 굽는다.

"역시 맛있는 것 먹을 때가 제일 행복해."
"최고의 스트레스 해소지."
"내일 지구가 멸망한다면 마지막으로 먹고 싶은 것은? 이런 질문 있잖아."
"있어 있어."
"뭐라고 대답하는 남자가 멋있을 것 같아?"

마스다 미리, 『평균 연령 60세 사와무라 씨 댁의 행복한 수다』
(권남희 옮김, 이봄, 2022)

"내일 지구가 멸망한다면 마지막으로 먹고 싶은 음식은?"

모임에서 이 질문을 던지거나 받은 적이 몇 차례 있다. 그럴 때면 정말 그런 일이 닥치기라도 할 듯 심각하게 고민한다.

가족과의 오붓한 식사를 생각한 적도 있고, 좋은 레스토랑에서의 멋진 다이닝을 꿈꾸기도 했고, 직접 요리를 해서 준비하는 만찬을 생각한 적도 있다.

이 질문을 받은 사람들은 대부분 한 번도 먹어 보지 못한 특별한 요리가 아니라 어릴 적에 먹었던 소박한 음식을 꼽았다. 소울푸드 또는 가장 맛있었지만 두 번 다시 먹을 수 없었던 음식들.

누군가 지금 이 질문을 한다면 어떨까.

정말 특별한 날을 위해 아껴 뒀던, 스토니리지 와이너리에서 직접 사 온 1999년 빈티지의 레드와인 '라 로즈'를 딸 것이다. 그리고 질 좋은 치즈와 살라미, 과일로 플레이트를 만들어 곁들이리라.

먹고 싶은 음식에 대해 어떤 대답을 하는 남자가 멋있을까? 한 번도 생각해 본 적 없다. 와인을 한 잔 하면서 지금부터 생각해 봐야겠다.

타국에서는 타국의 요리를 먹습니다.
식재료를 해석하거나 요리하는 방식에는
각국의 생활 습관, 날씨, 천성이
강하게 묶여 있습니다.

056

이로, 『어떤 돈가스 가게에 갔는데 말이죠』(난다, 2018)

여행 경비를 아끼려고 여행지에 한국 음식이나 재료를 가져간다는 얘기를 가끔 듣는다. 경비에서 제일 먼저 줄일 수 있는 부분이 식사라는 것이 안타깝다.

우리의 음식에 역사와 문화가 고스란히 녹아 있듯, 타국의 음식도 마찬가지다. 맥도날드만 해도 같은 메뉴가 나라별로 맛이 다르고 그곳만의 식재료를 사용한 한정 버거가 있지 않은가! 미술관·박물관·유적지·뮤지컬 등을 가기 위해 예약하듯, 부디 식사도 예약해서 먹는 경험을 했으면 좋겠다. 어째서 음식은 지나가다 아무데나 들어가서 먹거나, 편의점에서 사거나, 가져간 컵라면에 김치로 때우는가.

어떤 나라를 가장 쉽게, 속속들이 알 수 있는 열쇠 중 하나는 음식이다. 파인다이닝뿐만 아니라 스트리트 푸드, 패스트푸드, 카페에서도 우리와 다른 온도와 냄새를 느낄 수 있다. 혀로 느끼고 냄새로 맡고 뇌로 인식한 것은 잘 잊히지 않는다.

인도네시아의 저녁 식사가 왜 늦는지, 태국 사람들은 왜 요리하지 않고 사 먹는지, 싱가포르의 음식은 왜 말레이시아·중국·홍콩식이 섞여 있는지, 이탈리아에서는 아침 식사를 에스프레소와 비스킷으로 하는 이유가 뭔지, 호주와 뉴질랜드의 플랫화이트나 롱블랙은 아메리카노나 카페라테와 어떻게 다른지, 일본에서는 '오마카세'가 왜 생겨난 건지…….

직접 먹고 봐야만 알게 되고 느끼게 되는 이야기들. 역사와 문화와 삶의 방식이 음식에 숨겨져 있다.

한 요리 연구가의 “힘들 땐 카레를 먹으며
버텼다”라는 얘기를 들은 뒤로 나는 우울한
계절이 되면 카레를 만들었다. 밥에 카레를
비비는 간단한 일로 행복을 떠먹을 수 있다니.

윤설야, 『너의 이야기를 쓰려던 건 아니었는데』(콜라주, 2022)

카레는 누구나 쉽게 만들 수 있고 폭넓은 응용이 가능하다. 마트에서 산 인스턴트 카레를 사용하는데도 집집마다 맛이 다르다. 각 나라의 카레 스타일은 더더욱 다르다. 원조인 인도식부터, 태국식, 영국식 그리고 일본식, 한국식까지. 예전에 명동에 정통 인도 카레를 내는 식당이 있었는데 이곳에서 카레를 먹고는 우리와 다른 강한 향신료 맛에 충격을 받은 적이 있다.

한국식 카레는 밝은 노란색에 토핑이 듬뿍 든 것으로, 모든 재료를 한데 넣고 15분 정도 끓이면 끝. 난이도는 최하이지만 만족감은 최상인 음식이다. 채소와 고기 등 다양한 영양소가 밸런스를 이루고 기름에 볶아서 지용성 비타민을 효과적으로 섭취하니 영양학적으로 훌륭하다. 가격도 저렴해 자취 요리로도 인기다. 누군가는 머리가 복잡할 땐 한 솥 끓여 놓고 매일 조금씩 데워 먹는데 카레는 5일째까지 맛이 점점 깊어진다고 했다. 저마다 취향이 달라서 숙성 카레를 좋아하기도 하고 보글보글 갓 끓인 카레를 좋아하기도 한다. 카레는 우리가 아는 옐로 외에도 레드나 그린 컬러가 있고, 토핑 없이 뭉근하게 끓여 내는 걸쭉한 스타일, 수프 스타일, 물기가 전혀 없는 드라이 커리까지 다양하다.

대중적으로 사랑받는 만큼 자신만의 조리법이 다들 있는 것 같다. 내가 좋아하는 스타일은 감자 듬뿍, 당근은 부담스러우니 아주 작게 썰거나 다져서 넣는다. 새우나 소고기는 있으면 넣고 없으면 없는 대로. 그리고 콜리플라워, 양송이를 큼직하게 잘라 넣는다. 버터와 올리브유를 섞어서 준비한 재료를 먼저 볶는데, 표면을 센 불에 노릇하게 익힌다. 물을 붓고 고형 카레를 넣어 풀고 월계수잎 1장을 넣은 뒤 강황 가루를 추가하기도 한다. 마지막으로 생크림을 살짝 부어 섞은 뒤 바로 먹는다.

당신의 카레는 어떤 스타일인가요?

먹는 모습을 보고 눈물이 날 것 같은 대상이
아이들이 아니라 어른이기도 한다면,
그야말로 그것은, 내가 그를 사랑하고 있다는
증거가 아닐까.

윤혜선, 『당신을 기억하는 밥』(에쎄, 2019)

처음 본 순간 반했다던 그와 썸을 타고 있던 때다. 홍대 앞 한식집으로 저녁을 먹으러 갔다. 생선이 나오자 먹기 좋게 가시를 발라서 내 접시에 놓아 줬다. 말은 안 했지만 그때 사귀어야겠다고 결심했다.

사귀는 내내 그는 한결같았다. 식당에 가면 먹기 좋게 새우 껍질을 벗겨 내 접시에 놓아 줬고, 생선 가시를 발라 내고 통통한 가운데 살만 밥 위에 얹어 줬다. 고기를 구우면 비계나 탄 부분을 잘라내고 내게 먼저 건네줬다. 닭다리를 먼저 골라 주고 달걀은 노른자를 빼서 흰자만 주던 사람.

덕분에 편식이 계속 유지됐다. 그와 헤어지고 가시를 바르다 생선 먹기를 포기했을 때, 헤어진 뒤 처음으로 그가 생각났다.

새벽부터 이미 비즈니스 정장을 깔끔하게
차려 입고 작은 트렁크를 끌고서 한두 접시만
차분하게 가져다 먹고 쏜살같이 나가는 사람을
보면 왠지 멋지게 느껴진다. 나도 저렇게,
좋아하는 것만 요만큼 먹고 일어설 수 있는
사람이 되고 싶다.

059

정연주, 『온갖 날의 미식 여행』(위즈플래닛, 2019)

『온갖 날의 미식 여행』에서 저자는 라스베이거스 조식 뷔페에서 식욕을 억제하기 힘들었다고 했다. 나 역시 그랬다. 조식을 먹고 다시 침대에 누울 지언정 부득불 일어나 호텔 뷔페에 갔다. 식탐이 있는 나는 조식이라도 절대 한두 접시로 끝내지 못한다. 모든 음식을 하나씩이라도 맛봐야 직성이 풀린다. 나와 같은 사람들을 위해 전 세계 조식 뷔페 중 딱 두 곳만 추천한다면 주저 없이 후쿠오카 힐튼 호텔과 라스베이거스 코스모폴리탄 호텔을 꼽겠다. 그중에서도 라스베이거스는 가히 최고다. 가성비를 논한다면, 반론이 나올 수 없는 곳이다.

라스베이거스는 카지노·쇼·놀이기구·쇼핑·호텔 투어 등 보고 즐길거리가 끝없는 도시이지만 내게는 먹기 위해 가는 도시이기도 하다. 유명 셰프의 파인다이닝부터 힙하고 트렌디한 레스토랑을 걸어 다니며 만날 수 있다. 그리고 무엇보다 훌륭한 건 바로 조식 뷔페! 라스베이거스에 머무는 동안 조식 뷔페를 먹기 위해 아침 7시면 호텔 레스토랑 앞에 줄을 섰다.

코스모폴리탄 호텔의 '위키드 스푼'에 갔을 때 우리나라 디너 뷔페보다도 많은 음식 가짓수에 압도당했다. 즉석 조리 섹션도 다양하고 일본·중국·이탈리아·동남아시아·멕시코 등 전 세계 음식이 가득했다. 애피타이저부터 디저트까지, 구성이 흠잡을 데 없었다. 디저트만 해도 어림잡아 50여 가지는 됐다. 게다가 즉석에서 튀겨서 바스켓에 담아 주는 감자튀김이라니! 이런 뷔페를 30~50달러에 먹을 수 있다는 사실이 믿기지 않았다.

하루의 시작이 만족스러우면 하루 종일 그 기분이 지속된다. 좋아하는 음식을 맘껏 먹는 일로 하루치의 행복을 얻을 수 있다면야, 조금 과식을 해도 괜찮지 않을까.

날씨마다 어울리는 술은 다르다.
맑은 날이라면 가벼운 라거나 막걸리, 혹은
스파클링 와인이 잘 어울린다. 비 오는 날에는
소주다. 눈 오는 날이라면 따끈히 데운 청주가
좋다. 살짝 흐린 날은 묵직한 에일이나
레드 와인을 찾게 된다.

장기하, 『상관없는 거 아닌가?』(문학동네, 2020)

모든 음식이 그렇지만 술 또한 날씨의 영향을 많이 받는다. 나는 술과 음식의 조화(마리아주)에 큰 비중을 두지 않는데, 날씨 또는 그날의 기분에 따라 술을 선택하는 경우가 많기 때문이다.

1년 내내 와인을 마시지만, 다양한 개성의 와인을 매일의 날씨나 기분에 따라 선택하면 지루하지 않게 즐길 수 있다. 화이트와 스파클링 와인만 마셨던 7년 동안도 질리지 않고 다양하게 즐겼다. 이런 식이다. 드라이한 것, 청량한 것, 묵직한 것, 기포가 있는 것, 산미가 높은 것, 프루티한 것……. 비가 많이 오는 여름날이면 크리미한 샤도네이를 마신다. 뉴질랜드 쇼비뇽 블랑과 샴페인, 까바, 크레망은 보통의 여름날에 항상 함께 한다. 가까이하던 쇼비뇽 블랑을 조금 멀리하게 되면 가을이 왔다는 신호다. 요즘은 레드 와인을 조금씩 마시고 있지만 90퍼센트 이상은 내추럴 와인만 마시는데, 이 또한 매일의 날씨에 맞춰 선택하는 재미가 쏠쏠하다.

최근 산에서 와인 마시는 재미를 알았다. 높은 곳에서 샴페인 마시는 걸 좋아하는 내게 정말 최적이다. 산 정상에 올라 차가운 와인을 나눠 마시는 아름다운 세계를 이제야 알게 됐다니! 얼마 전까지 여름 산에서 샴페인을 나눠 마셨는데 이제 슬슬 날이 추워지고 있어서 등산용 내추럴 오렌지 와인을 하나둘 장만 중이다. 등산 초보를 벗어나고 겨울이 오면 아주 묵직한 레드 와인을 챙기게 될지도 모르겠다. 그리고 언젠가 눈이 가득한 한라산에서 샴페인을 한잔할 수 있는 날이 오기를 고대하는 중이다.

식도락가의 장서는 빠르게 불어난다.
그중 두어 권은 자꾸 찾게 되는 레시피 때문에
믿고 아끼는 책이 되지만, 대부분은 서가를
떠나 펼쳐지는 일도 없이 울긋불긋한 책등과
먹음직스러워 보이는 표지로 부엌을 장식하는
데 일조할 뿐이다. 나도 오랫동안 구간과 신간을
가리지 않고 요리책 수집에 열을 올렸다.
한쪽 벽을 가득 채운 요리책들을 바라보면
마음이 편해진다.

줄리언 반스, 『또 이따위 레시피라니』(공진호 옮김, 다산책방, 2019)

소설을 읽는 것이 가장 즐거웠던 시절이 있었다. 언제부터였을까, 요리책을 보는 게 더 재미있어지더니 책장에 소설 대신 요리책이 빼곡하게 꽂혀 갔다.

처음에는 레시피의 난이도를 알 수 없어서 그저 먹음직스러운 사진을 보며 언젠가 도전해 보리라며 북마크만 해두곤 했다. 요리책을 어떤 프로세스로 만드는지, 에디터가 어떤 역할을 하는지 전혀 모르던 시절이다.

표지가 맘에 들어서, 디자인이 좋아서, 스타일링이나 사진이 완성도가 높아서, 종이가 맘에 들어서 등의 이유로 책을 산다. 수많은 요리책이 있지만 나 또한 자주 펴 보는 책은 많지 않다. 손이 가는 책은 내 일상과 맞닿아 있는, 지극히 실용적인 책이다. 적당한 재료와 간결한 조리법으로 맛있게 완성할 수 있는 레시피가 담긴 책. 그래서 책을 만들 때는 먼저 내가 독자라면 어떨지를 많이 고민한다.

요리 잡지 에디터로 기사를 쓰고 소책자도 만들어 봤지만 제대로 만든 요리책은 『고베 밥상』이 최초다. 2010년 사진가와 함께 저자가 사는 고베로 가서 촬영을 했고(시간 및 여건상 요리와 과정은 저자가 촬영했다), 2011년 3월에 출간했다. 첫 책이라 메뉴 구성부터 정보까지 많은 부분에 공을 들였는데 출간 후 기존에 없던 책이라며 많은 인사를 받았고, 고맙게도 아직도 중쇄를 찍고 있다.

이제는 책장에 내가 만든 요리책이 점점 늘고 있다. 시리즈로 연이어 출간한 레시피북도 있고 식생활을 제안하는 책부터 건강에 대한 책까지, 다양한 라인업이 쌓였다. 언젠가, 내가 만든 책과 수집한 책을 공유하는 요리책 서점을 열고 싶다. 내가 알게 된 멋진 세계와 즐거움을 다른 사람들도 알게 됐으면 좋겠다.

처음부터 어려운 책을 접하면 쿡북 포비아가
생길 수도 있다. 결국 그런 책도 언젠가는 필요할
때가 오겠지만 당장 필요한 것이 아니라면
구태여 어려운 책부터 시도할 이유는 없다.

Fabio, 『요리사, 요리책을 말하다』(도림북스, 2018)

초보의 경우 외국 요리책을 사면 정보를 많이 얻기가 힘들다. 모든 요리에 완성 사진이 있는 경우가 드물고 과정 컷도 대부분 생략됐기 때문이다.

나는 요리책을 보통 이렇게 본다. 어떤 재료를 써서 어떻게 만들었을지 추측하면서 요리하는 과정을 상상한다. 그리고 맛은 어떨지, 어떤 접시에 담았는지, 내가 가진 재료로 응용이 가능한지, 소개된 재료나 소스의 쓰임새는 어떤지. 요리 스타일링이나 사진 조명, 앵글 등도 참고한다. 하나의 레시피와 사진으로도 이렇게 많은 정보를 읽어 낼 수 있다.

그렇다면 내 수준에 맞는 요리책은 어떻게 찾는가. 먼저 레시피를 한두 개 들여다본다. 내가 자주 먹거나 쉽게 구할 수 있는 재료인지, 복잡한 공정의 소스·양념·국물 등을 따로 만들어야 하는지, 끓이고 식히고 굳히고 실온에 놔두는 등 시간이 많이 필요한지, 삶고 거르고 찢고 끓이는 등 조리법이 여러 단계를 거치는지, 복잡한 도구나 기계가 필요한지 등을 따져 본다. 이렇게 체크한 뒤 할 만하겠다는 생각이 드는 요리책을 고르면 된다.

그런데 사실, 굳이 해 먹기 위해서만 요리책을 사야 할까. 나처럼 어떤 사람들은 그저 갖고 싶어서 사기도 한다.

우리는 책 한 권에 대한 기대가 너무 크다. 파스타 한 접시 가격으로 너무 많은 것을 얻으려 하는 건 아닌지 생각해 볼 일이다. 사실 레시피 하나만 얻어도 그 책은 성공이다. 유명 맛집 레시피 하나를 얻는 데 수천만 원, 수억 원의 돈을 지불하는 경우도 있다. 내가 평생 해 먹는 레시피를 2만 원 안팎으로 얻을 수 있다는 게 얼마나 대단한가. 간혹 볼 게 없다고 혹평하는 댓글을 만날 때마다 드는 생각이다.

그 얇디얇은 은박지를 벗겨 낼 때의
기분을 기억하는 분이 있을지. 지금도
'클래식'한 포장을 유지하고 있는 그 시절의
초콜릿이 있다.

박찬일, 『추억의 절반은 맛이다』(푸른숲, 2012)

지금도 CM송까지 정확히 기억나는 가나초콜릿을 먹고 자라서인지, 초콜릿이라고 하면 납작한 판 형태에 은박지에 싸인 초콜릿이 가장 먼저 떠오른다. 판 초콜릿은 유럽에서 발명됐는데, 사각형의 판 모양 몰드에 부어 굳힌 것이다. 그전까지 초콜릿은 음료 형태로 생산됐다고 한다.

우리나라에서는 1975년 롯데제과에서 판 모양 초콜릿을 생산하기 시작하면서 대중화됐다. 우유가 섞인 밀크초콜릿이라도 카카오 함량이 너무 낮으면 초콜릿이라고 할 수 없다. 고급 밀크초콜릿의 기준은 보통 카카오 함량이 30퍼센트 이상이며, 미국은 10퍼센트, 유럽은 25퍼센트이다. 가나초콜릿이 팜유를 사용해 만든 '준초콜릿'이라는 걸 나중에 알았다.

초콜릿을 알루미늄 포일로 포장하는 이유는 열전도율 때문이다. 열전도율이 높은 알루미늄 포일로 포장하면, 외부에서 열이 들어와도 다른 곳으로 빨리 퍼트릴 수 있다. 초콜릿은 온도와 습도에 매우 민감한, 보관이 까다로운 식품이다. 이상적인 보관온도는 섭씨 12~18도 정도다. 더운 여름에 실내 온도가 높으면 쉽게 녹는다. 밀폐하지 않고 냉장고에 넣으면 수분을 흡수해 지방이나 설탕 결정이 표면에 올라와 색이 변한다. 녹았다 굳어도 흰색 얼룩이 생기거나 구멍이 생기는 '블루밍' 현상이 생기는데, 먹는 데는 문제가 없으나 보기 좋지 않고, 녹을 때 식감이 거칠다. 게다가 향을 잘 흡수하기에 다른 음식과 따로 보관하는 것이 좋다.

내 와인 셀러에는 전 세계에서 수집한 다양한 맛의 '린트 린도르'와 '기라델리' 초콜릿이 와인보다 많은 자리를 차지하고 있다. 유리병에 가득한 초콜릿을 보는 것만으로도 든든하다. 초콜릿의 상미기한은 최대 1년이니, 앞으로 1년간은 매일 몇 개씩 꺼내 먹는 쏠쏠한 재미를 만끽할 수 있을 테지.

경험이 있든 없든, 무슨 작업을 맡고 있든,
내가 일하던 7년 동안 시가 셰프가
직원들에게 일관되게 하던 말이 있다.
"틈날 때마다 계속 시식해."

쓰카모토 쿠미, 『달을 보며 빵을 굽다』(서현주 옮김, 더숲, 2019)

요리를 업으로 삼는 것은 고되다. 음식도 예술의 장르이기에 단순히 기계적인 일을 하는 것이 아니라 맛과 식재료에 대한 끊임없는 호기심과 노력과 경험, 시도가 필요하기 때문이다.

음식을 즐기는 사람은 식재료에 대한 이해도가 높다. 경험한 만큼 보인다고, 많은 것을 맛본 사람의 세계는 점점 넓고 다양해진다. 이렇게 확장된 음식에 대한 세계관이 요리에 표현된다.

스킬만 갖춘 요리사는 신뢰하지 않는다. 스킬은 떨어지더라도 폭넓은 식재료에 대한 도전과 연구를 지속하는 요리사를 선호한다. 요리는 단순히 손끝에서 나오는 것이 아니기 때문이다. 그래서 음식을 즐기지 않거나 모험 정신이 없는 요리사는 더더욱 신뢰하지 않는다.

음식을 만들 때 소금이 하는 주된 기능은
맛의 증폭이다.

065

사민 노스랏 외, 『소금 지방 산 열』(제효영 옮김, 세미콜론, 2020)

오다 아키노부는 소금에 대해 이렇게 썼다(『시부야 구석의 채식 식당』). "맛이란 소금이 혀와 어떻게 만나느냐에 따라 좌우된다. 소금의 양과 질이 미뢰에 주는 영향으로 맛의 절반 이상이 결정되는 것이다."

우리가 맛이 없다고 하는 것은 짠맛이 적절하지 못해서일 가능성이 크다. 짠맛은 음식에 중요한 역할을 하며 음식의 맛을 결정하는 것은 물론 쓰임새가 실로 무궁무진하다. 순수하게 짠맛을 내기 위해 쓰기도 하지만 단맛을 끌어올리고 싶을 때도 쓴다. 게다가 살균·잡내 제거·미생물 발생 억제·부패 방지·단백질 및 글루텐을 증폭하는 역할도 한다.

『소금 지방 산 열』에서 사민 노스랏은 "채소 삶는 물에 내가 소금을 한 주먹 가득 넣으면 학생들이 모두 깜짝 놀라 잔소리를 하는데, 그럴 때마다 나는 지금 넣는 소금은 대부분 음식을 익힐 때 쓰는 물에 그대로 남아 있다고 알려 준다. 여러분이 집에서 직접 만든 음식은 대부분 가공식이나 간편 조리 식품, 또는 식당에서 먹는 음식보다 영양가가 높고 나트륨 함량은 낮다"고 했다.

한국인들은 소금 섭취를 극도록 두려워한다. 과도하게 섭취할 경우 고혈압·심장병·뇌졸중 등이 발병 위험을 증가시킨다는 정보를 평소에 들어 왔기 때문이다. 전통적으로 먹어 오던 장아찌나 젓갈 등은 식탁에서 점점 사라지거나 제한해서 섭취하면서 외식이나 배달 음식에는 관대한 경우를 많이 본다. 밀키트나 가공 식품 속에 깜짝 놀랄 정도로 많은 양의 소금이 들어간다는 걸 아는지.

집에서 쓰는 소금을 두려워하지 말자. 적절한 양의 소금은 신경과 근육 등을 제대로 작동하게 하고 체온을 상승하게 하거나 노폐물을 배출시키는 등 건강에도 중요한 작용을 한다. 그리고 무엇보다 음식 맛을 좋게 한다.

음식은 엄마가 사랑을 표현하는
방법이었다.

066

미셸 자우너, 『H마트에서 울다』(정혜윤 옮김, 문학동네, 2022)

오로지 먹을 사람을 생각하며 장을 보고 재료를 다듬고 조리를 하고 간을 보고 먹기 좋은 상태로 준비하는 것. 한 사람을 위해 요리를 한다는 건 여간 귀찮고 수고스러운 것이 아니다.

사랑한다는 말이 영 서툴고 쑥스러운 나는 요리로 그 말을 대신한다. 피크닉 도시락, 기념일 케이크, 정성껏 고른 와인과 저녁식사.

때로는 말보다 마음을 담아 건네는 음식에 더 힘이 있다고 믿는다.

원래 나의 아침은 정말 분주했는데 네가
틀던 음악과 너의 발소리에 조용해진 아침에
내가 만드는 것은 함께 자주 마셨던 시큼한
맛의 차가운 얼음을 넣고 싱싱한 레몬을 갈고
투명한 유리잔에 아주 달게 마실 거야.

067

에일, 「레모네이드」(아거·오브 코코 작사, 2019)

커피를 즐기지 않던 우리는 레모네이드를 자주 마셨다. 골드키위에도 미간을 찌푸릴 정도로 약간의 신맛도 넘기기 어려워했던 그는 진짜 레몬즙을 짜서 만든 레모네이드를 시럽 없이는 마시지 못했다. 그를 위해 레모네이드를 주문할 때면 늘 시럽을 챙겼다. 레모네이드를 주문하며 습관처럼 시럽을 찾는 일이 없어질 무렵, 나는 온전히 이별을 받아들이게 됐다.

전통적인 레모네이드는 탄산이 들어가지 않는다는 걸 아는지? 라스베이거스에서 탄산 없는 레모네이드를 처음 마시고 놀랐던 기억이 있다.

레모네이드는 레몬주스, 물, 시럽이나 꿀과 같은 감미료를 넣어 만든 음료다. 우리가 마시는 탄산을 넣는 레모네이드는 유럽식이다.

이제는 레모네이드를 마시지 않는다. 탄산감 가득한, 눈물이 날 정도로 새콤하고 달달한, 풋풋한 사랑의 맛은 더 이상 필요 없으니.

막걸리에 파전도, 삼겹살에 소주도,
뭔가 정략결혼 해 놓고서 금슬을 과시하는
쇼윈도 부부 같은 느낌이 있습니다.

068

들개이빨, 『나의 먹이』(콜라주, 2022)

마리아주, 페어링 같은 단어에 너무 집착하지 않았으면 한다. 자신의 기호를 잘 알고, 선호하는 맛을 정확히 아는 것이 먼저라고 생각한다.

요즘 누굴 만나든 어느 정도 얘기를 나누다 보면 MBTI가 꼭 등장한다. 맹신에 가까운 경우도 많이 봤고, 모임에 가입할 때 MBTI를 함께 적어 달라 요청하는 경우도 있다. 최근 명리학에 관심이 많은 나는 MBTI보다 일간의 글자가 무엇인지 더 궁금하다. MBTI는 16가지 유형이지만 사주 일주는 60개의 유형으로 나뉘기에 더 상세하게 분류할 수 있다. 그동안의 경험으로 나와 잘 맞는 글자가 무엇인지 알게 됐는데(일간은 총 10가지로 나뉘는데 음과 양의 '목·화·토·금·수' 중 하나의 글자를 갖게 된다), 일반적으로 명리학에서 제시하는 '합이 잘 맞는 오행'과는 다르다. 어떤 사람이 나와 잘 맞는지는 MBTI나 사주가 말해 주지 않아도 내가 가장 잘 안다.

음식도 그렇다. 나와 다른 사람의 입맛은 다르다. 좋아하는 재료와 싫어하는 냄새, 선호하는 식감은 같은 음식을 먹고 살아온 가족도 저마다 다를 수밖에 없다.

흔히 말하는 '페어링 국룰'인 막걸리에 파전, 삼겹살에 소주와 같은 조합도 내가 좋으면 즐겨도 좋지만, 전혀 다른 조합으로 내 식대로 즐겨도 이상할 것이 없다. 삼겹살에 샴페인, 파전에 사워 맥주의 조합이면 어떤가. 나만의 마리아주를 찾아보자.

조국을 위해 무엇을 할 수 있을지 묻지 마라.
점심이 무엇인지나 물어라.
Ask not what you can do for your country.
Ask what's for lunch.

069

오슨 웰스

『올리브 매거진 코리아』 에디터 시절, 정엽을 인터뷰했을 때다. 새로운 맛집 탐험을 즐긴다는 그에게 새로 찾아간 곳이 맛없으면 어쩌냐고 물었다. 이 질문에 대한 그의 우문현답.

"바로 식사를 중단하고 나와서 다른 데 가요. 평생 먹을 끼니는 정해져 있는데 그 한 끼를 그대로 망쳐 버리고 싶지 않거든요."

생각지 못한 시각이었다. 누구나 하루에 두세 끼를 먹으며 살아간다. 생각해 보니, 때우거나 생략하거나 먹지 못할 음식을 먹으며 종종 한 끼를 소홀히 흘려 버렸던 것 같다. 4만 끼를 훌쩍 넘은 그동안의 내 식사는 어땠을까. 승률이 50퍼센트 이상이면 만족스럽다 할 수 있을 텐데, 선뜻 그렇다는 대답이 안 나온다.

여기서 앞으로 몇 끼를 더하게 될까. 앞으로의 식사 승률은 7할 이상이었으면.

어떤 상황에서는 오후의 다과라고 일컫는
의식에 바쳐진 순간보다 더 즐거운 시간을
인생에서 찾지 못할 때가 있다.

헨리 제임스, 『여인의 초상』(최경도 옮김, 민음사, 2012)

애프터눈티는 영국 부유층에서 시작된 문화로 로우low티라고도 하며, 베드포드 공작 부인 안나 마리아 러셀로부터 시작됐다고 알려져 있다. 영국 사교 행사로 점심과 늦은 저녁 사이 4시경에 먹었다. 격식을 중요시하는 상류층 문화이다 보니 정해진 메뉴가 있다. 스콘 · 오이 샌드위치 · 한입에 먹을 수 있는 빵과 작은 케이크 · 초콜릿 등으로 구성된다. 3단 트레이에 연어나 오이 샌드위치, 타르트 같은 세이보리 메뉴가 1~2단에 놓이고 3단에는 마카롱 같은 달콤한 과자나 디저트가 올라간다. 그리고 빠질 수 없는 차! 차는 티포트에 준비된다. 차려진 음식을 먹는 순서도 있는데, 밑에서부터 위로 올라가며 먹는다.

이런 전통적인 스타일의 티타임은 영국 문화권에서도 이제는 기념일이나 파티, 접대 시에만 즐기는 추세다. 평소에는 홍차에 스콘, 클로티드크림과 잼을 곁들이는 캐주얼한 크림티나 하이티를 즐긴다.

영국 문화권에서 시간을 많이 보낸 터라 애프터눈티를 자연스럽게 접했다. 커피보다 차를 더 선호하는 취향도 한몫했다.

인생에서 즐거웠던 오후의 다과 시간을 찾는다면, 싱가포르 더 플러톤 베이 호텔의 레스토랑 '더 클리포드 피어'에서의 경험을 꼽고 싶다. 보드라운 식빵 사이에서 씹히던 오이의 아삭임, 갓 구운 스콘이 풍기는 고소하고 버터리한 냄새. 따끈한 스콘 위에서 사르르 녹아내리는 클로티드크림. 쫀득하면서 파삭하게 부서지던 마카롱이 곁들여진 훌륭한 구성의 3단 트레이. 그리고 창밖의 바다 위로 비추던 강한 햇살과 일요일 오후의 나른함이 떠오른다. 그리고 티포트에 담긴 홍차를 내 찻잔에 따라 주던 그의 손길과 웃음까지.

아이스크림은 끝내주는데,
불법이 아니라니 얼마나 유감인가.
Ice cream is exquisite.
What a pity it isn't illegal.

071

볼테르

20년 전쯤 『도나 해이』에 실린 아이스크림 광고를 보다가 아이스크림을 직접 만들고 싶다는 생각에 사로잡혔다. 걷잡을 수 없이 욕구가 커져, 『도나 해이』에 나온 20킬로그램이 넘는 그 아이스크림 메이커를 호주에서 사 왔다.

셔벗을 팔 빠질 때까지 긁지 않고 기계가 해 주니 얼마나 편하던지! 전문점 못지않게 만들 수 있는 것은 기본, 내가 원하는 재료를 듬뿍 넣어 맛을 낼 수 있으니, 전 세계에 하나밖에 없는 나만의 아이스크림이 아닌가. 그런데 만드는 공정이 생각보다 간단치 않았다. 레시피를 찬찬히 들여다본다면 과연 먹을 수 있을까 싶을 정도로 엄청난 양의 설탕이 들어갔고, 우유·버터·크림·달걀·잼·과일·바닐라빈 등 필요한 기본 재료도 만만찮았다. 최소 몇 시간에서 하루 이상 숙성이 필요한 데다 8~14시간이 지나야 결과물을 확인할 수 있었다. 가정용 기계라 이렇게 만든 아이스크림의 양은 고작 300~800그램 내외. 곧 흥미를 잃고 아이스크림 메이커는 집 앞 분리수거장에 버려지고 말았다.

아이스크림은 식사하는 중간 입을 산뜻하게 정리하고 환기를 해 준다. 더위를 가시게 하거나, 근사한 식사의 끝에 멋진 마무리를 해 주기도 하고, 지루한 시간에 기분 전환을 해 주기도 한다. 아이와 어른이 함께, 일 년 내내 먹을 수 있고 맛이 일정하며 선택지도 다양하다. 이렇게 매력적인 디저트가 어디 흔한가.

쉽게 먹을 수 있음에도 아이스크림은 늘 욕망의 대상이다. 맛을 제대로 느껴 보려고 작정하는 순간 씹는 것조차 허용하지 않은 채 사르르 녹아 달아나 버린다. 뜨거운 입안과 목구멍을 순간적으로 차갑게 식혀 주는 짜릿함으로 다가와, 마지막 한 스푼을 입에 넣으면 아쉬움과 아련함이 남는다. 마치 호감은 있지만 섣불리 고백하면 끝나 버릴까 말하지 못한 채 멀어져 버린 관계처럼.

치즈는 그 자체로 완벽한 식품이므로
빵, 와인, 맥주만 곁들여도 레스토랑이 부럽지
않습니다. 영화 『파리로 가는 길』을 보면
다이안 레인과 아르노 비야르가 강가에 앉아
바게트와 치즈를 화이트 와인에 곁들여 먹는
장면이 나옵니다. 단순하지만 가장 심오한
조합의 피크닉 음식이죠.

조장현, 『집에서 즐기는 치즈』(테이스트북스, 2020)

간단하면서도 분위기를 업그레이드해 줄 치즈 플레이트를 소개한다. 집에서 즐겨도 좋고 피크닉에 가져가도 괜찮다. 마트에서 사서 만들 수 있는, 합계 5만 원 미만의 알찬 구성이다.

- **바게트** 집 근처 빵집에서 바게트를 한 개 사서 슬라이스하자.
- **참크래커** 최고의 크래커. 적당히 짭짤하고 바삭하다.
- **마다마 피티드 그린 올리브** 시칠리아 산 올리브의 씨를 뺀 것. 30그램 소용량이고 파우치 타입이라 휴대가 편하다.
- **존쿡 델리미트 이탈리안 살라미** 국내산 돼지고기를 사용했다. 오븐에 섭씨 180도로 15분 구우면 살라미칩으로도 즐길 수 있다.
- **빔스터 로얄 에이지드 고다** 10개월간 숙성한 네덜란드산 반경성 치즈. 살짝 씁쓰레하면서 크리미한 맛이 특징. 짠맛이 강하지 않으며 고소한 풍미와 여운이 강하다.
- **카스리스 데 디유** 흰 곰팡이가 전체적으로 덮인 프랑스산 연성 치즈. 카망베르보다 냄새가 덜하고 브리보다 식감이 부드럽다. 짭쪼름하고 고소하며 부드러워 아직 치즈 맛이 익숙하지 않은 이들에게 추천한다.
- **바버 1883 빈티지 리저브 체더** 영국산 반경성 치즈로 체더 특유의 강한 향과 짭짤한 맛, 숙성된 풍미를 느낄 수 있다. 톡 쏘는 맛이 강하지 않아 호불호 없는 치즈다.

이렇게 구입한 것들을 그대로 야외에 가져가 잘라 먹어도 좋다. 바게트 위에 카프리스 데 디유나 살라미를 올리면 카나페가 된다. 참크래커에 치즈를 올려 먹어도 맛있다. 집에서 먹는다면 여기에 추가로 포도·꿀·잼·견과류를 더하면 와인 파티를 위한 플레이트로 손색없다.

식생활은 음식을 먹는 것만 말하는 게 아니다.
재료를 준비하고, 요리하고, 차리고,
대접하고, 음식을 통해 영혼을 배불리는 것
역시 식생활에 속한다.

073

도미니크 로로, 『심플하게 산다』(김성희 옮김, 바다출판사, 2012)

인간의 생활에서 생명의 유지 및 생체 활동에 필요한 영양분을 섭취하기 위해 먹는 것. '식생활'의 사전적 의미다. 넓게는 음식물, 조리법, 조리기구, 식기, 식사 예절까지 먹는 것과 관련된 모든 것을 포함한다.

식생활은 인간이 삶을 영위하기 위한 가장 필수적인 행위다. 단순히 음식을 먹는 것만이 아니라 재료를 선택하고 조리하고, 차리는 것까지다. 음식을 먹거나 요리를 하는 식생활에서 그 사람의 삶의 방식이 보인다. 만족감이나 서글픔, 우울과 기쁨 등도 식생활과 무관하지 않으며, 식생활로 인해 영혼이 충만해질 수 있다고 믿는다.

식사 방법이나 내용을 바꾸는 것만으로 몸과 마음, 나아가 삶이 달라질 수 있다. 식사의 양을 줄이거나 늘리고, 간식을 먹거나 끊고, 먹는 시간을 바꾸거나 고정하고, 천천히 먹는 등 식사 방법을 변화하거나 음식의 종류나 조리법, 담는 법 등 식사 내용을 변화하면 몸이 달라지고 차차 마음도 변화한다.

우리는 보통 환경을 바꿈으로써 변화를 꾀한다. 나는 가장 쉽게 실천할 수 있으면서 무엇보다 빠르게 변화를 체감할 수 있는 방법은 식생활을 바꾸는 것이라고 믿는다. 내 몸과 기관은 생각보다 민감하기에 음식을 먹는 것만으로 생각보다 많은 변화가 일어난다. 직장, 이사, 절연 등은 쉽게 할 수 있는 일이 아니지 않은가. 만약 내 영혼이 배고프고 힘들다면 내 식생활부터 점검해 보자.

한국의 맛을 소개하고 싶다면
어떤 음식을 택할 것인가.
주저 없이, 단연코 라면이다.

074

이용재, 『한식의 품격』(반비, 2017)

세계라면협회에 따르면 한국의 1인당 라면 소비량은 연간 평균 73개(2021년 기준)로 세계 2위다. 평균적으로 한 달에 1인당 6봉지를 소비한다는 건데, 나 역시 소비량에 기여한 수많은 날들이 있다. 라면은 김밥에 함께 하는 친구였으며, 라면을 먹지 않는 날이더라도 사리면을 떡볶이에, 김치찌개에, 부대찌개에 더했고 심지어 된장찌개에도 넣어 먹었다. 컵라면 사랑도 빠질 수 없다. 사무실에 쟁여 두고 야근할 때 종종 저녁으로 먹었다. 술을 마신 다음 날 간편하게 해장할 때도 이만한 게 없다. 국내외의 라면을 30년 이상 먹어 왔지만, 현재 판매되는 무려 500여 종의 한국 라면 중 꾸준히 사다 놓는 라면은 두세 가지가 고작이다. '너구리'를 즐겨 먹고(최근 '미역국라면'과 '김통깨'가 추가됐다), 컵라면은 '육개장' '튀김우동'을 대체할 것을 아직 찾지 못했다.

1963년에 시작된 한국 라면은 1980년대부터 호황을 맞았고, 2000년대부터는 대표 수출 식품으로 자리 잡았다. 최근에는 드라마와 영화, K팝 등의 영향으로 '짜파구리' 등이 유행하며 K라면 또한 한류 열풍을 이어 가고 있다. 심지어 알프스와 백두산 정상에서도 컵라면을 먹을 수 있으니, 이쯤 되면 이제 라면은 대표 한식이라고 해도 되지 않을까.

라면은 집집마다 각자의 레시피가 있다. 잡지 에디터 시절 수많은 라면 레시피를 접했는데 늘 새로운 메뉴가 등장해 감탄했었다. 그렇다면 라면은 어떻게 끓이면 가장 맛있을까. 『한식의 품격』에서 이용재는 이렇게 썼다.

"라면은 조리예를 정확히 따라서 끓일 때 맛있다. 애초에 실험을 거쳐 대량 생산화되었고 계속 연구되고 있다. 물은 계량컵으로, 시간은 타이머로 측정하면 된다. 현대적인 음식에 맞는 현대적인 취급이다."

"시민들이 오로지 먹고, 마시고, 사랑 놀음에만
빠져 있다면 어떤 법이 존재한다 해도
그 도시는 평화롭게 살 수 없다"라고 플라톤은
썼다. 하지만 잠시 그렇게 사는 게 그리 나쁜
일일까? 맛있는 끼니를 찾아다니는 것 외에
아무 야망도 없이 단 몇 달을 여행하는 게?

엘리자베스 길버트, 『먹고 기도하고 사랑하라』(노진선 옮김, 솟을북, 2007)

잡지 에디터로 일하던 때다. 극도의 스트레스가 편두통으로 이어지더니 어지럼증으로 번졌다. 신경과에서 염증으로 인한 어지럼증이라는 진단을 받고 집으로 오는 길, 퇴사를 결심했다. 나를 연소시켜 주위를 밝히는 촛불처럼 끝없이 소모되는 상황에 지쳤고, 그 과정에서 마음을 많이 다쳤다. 사직서를 내고 가족이 있는 뉴질랜드로 날아가 3개월 내내 그저 먹고 마시고 쉬기만 했다. 아쉽게도 사랑에는 빠지지 못했다. 그랬다면 치유가 더 빨랐을지도.

어느 날은 샌드위치와 김밥, 과일, 진저비어를 싸서 해변으로 갔다. 깨끗한 샤워 시설이 없는 곳에서는 수영을 하지 않던 내가 맞나 싶을 정도로 바닷물에 젖은 수영복 위에 티셔츠만 걸쳐 입고 돌아다녀도 아무렇지 않았다. 어느 날은 엄마와 아이팟 구글맵(아이폰 한국 출시 전)에 의지해 와이너리와 맛집을 찾아 떠나고, 주말이면 파머스 마켓이나 푸드 페스티벌에 갔다. 집에 있는 날은 '파킨세이브'에서 한국에서 먹기 힘든 과일, 치즈, 햄, 맥주와 와인 등을 잔뜩 사서 요리하고 먹었다. 『제이미 올리버 쇼』를 보며 패션프루트 케이크를 굽기도 했다.

밤이면 와인을 마시며 슬쩍 눈물을 훔치기도 했지만, 행복했던 순간을 꼽는다면 가장 먼저 그때가 떠오른다. 매일 해야 할 일도 없고, 빼곡히 찬 맛집 리스트를 따라 하나씩 찾아가다 가끔 길을 잃으면 엄마와 서로 언성을 높이던 게 유일한 스트레스였던 그 시절.

힘들 때 내가 그랬던 것처럼 아무런 생각 없이 먹고 마셔 보는 것도 한 가지 방법이라고 말하고 싶다. 누가 툭 치면 울음이 터지기 일보 직전이었던 나는, 어느 날부터 다시 달리고픈 마음이 조금씩 생겨났다. 그리고 3개월 후, 한국으로 돌아와 새 직장으로 출근했다.

굴을 껍데기에 담긴 채로 준비하는 것은
대단히 간단하지만 맛을 제대로 음미하려면
몇 가지 신경 써야 할 것들이 있다. 우선
한 사람 몫으로는 굴 6개 정도가 적당하다.

크레이그 보어스, 『헤밍웨이의 요리책』(박은영 옮김, 윌스타일, 2019)

해외 산지부터 '오이스터 바' 등에서 수없이 많이 시도해도 알지 못했던 굴 맛을 몇 년 전 한남동의 오이스터 바에서 알았다. 셰프가 즉석에서 먹기 좋게 손질한 굴을 건넸는데 내가 굴을 잘 먹지 못한다고 하자, 어떤 소스를 살짝 더해 줬다. 다시 접시를 받아 조심스럽게 입에 넣었는데 놀랍게도 특유의 비린 향과 맛이 어디로 갔는지 사라져 버렸다. 식감이 무르지 않아서 더 좋았는데 꽉 찬 살을 슬쩍 씹으니 신선한 바다의 향이 역하지 않게 다가오면서 부드럽고 진득한 풍미가 동시에 느껴졌다. 짭쪼름하면서 깔끔했으며 도톰하면서 농밀하고, 은밀하게 살짝 단맛까지 돌았다. 이건 새로운 음식이었다!

굴은 품종별로 맛과 식감이 차이난다. 예전에는 겨울에만 굴을 먹었지만 이제 생식 능력이 없는 삼배체 굴을 사계절 생으로 먹을 수 있다. 삼배체 굴은 남해안 설천면에서 주로 재배하고 양식 굴은 대부분 통영, 거제 일대에 생산지가 몰려 있다. 자연산보다 알이 굵고 크기가 일정하다.

그날 셰프가 굴에 부린 마법은 타바스코소스와 트러플오일 그리고 샴페인 식초였다. 이후 내가 찾은 최고의 소스는 와인 식초, 샬롯을 다져서 만든 미뇨네트를 더하는 것이다. 굴에 미뇨네트를 올리고 여기에 핑크페퍼와 레몬즙을 더해 먹는다. 굴을 색다르게 느끼게 해 줄 나만의 '터치'를 공개한다. 이렇게 먹다 보면 어느덧 굴을 추앙하게 될지도 모른다.

- **STEP1** 트러플오일 · 핑크페퍼 · 레몬즙을 뿌린다.
- **STEP2** 미뇨네트를 올린다. 여기에 레몬즙, 타바스코를 살짝 더해도 맛있다.
- **STEP3** 레몬즙 또는 질 좋은 화이트와인 식초(또는 샴페인 식초)만 살짝 뿌린다. 캐비아를 추가해도 좋다.

맥주 첫 모금은 목구멍을 넘어가기 전에
시작된다. 거품이 인 이 황금빛 음료는
입술과 닿을 때 이미 우리에게 기쁨을 선사한다.
거품 덕분에 맥주의 상쾌함은 더 커진다.

필리프 들레름, 『크루아상 사러 가는 아침』(고봉만 옮김, 문학과지성사, 2021)

자주 가던 오클랜드 시티의 펍에서는 탭 비어를 따를 때 규칙이 있었다. 먼저 맥주잔을 수돗물로 한 번 헹구고, 15도 정도 기울인 뒤 탭과 잔 사이의 거리를 띄워 낙차를 크게 준 다음 잔을 세워서 1분 정도 천천히 따랐다. 잔에서 넘치는 거품은 무심하게 쓱싹 나이프로 긁은 뒤 거품이 살짝 꺼지기를 기다렸다가 건네 줬다. 그렇게 받은 맥주의 거품은 입자가 조밀했고 맥주는 신선하고 차가웠으며 탄산감이 적당해 자꾸만 리필을 외치게 했다.

맥주는 거품이 적당히 있어야 신선한 맛과 향을 유지한다. 맥주 거품은 맥아와 효모가 탄산과 결합해 만들어지는데 이렇게 생성된 탄산은 잔에 따를 때 공기 중으로 빠져나간다. 거품은 이 탄산이 유출되는 것을 막고 공기와의 접촉을 차단해서 산화를 억제하고 탄산이 지속적으로 올라올 수 있게 도와준다.

맥주를 황금비율로 따르는 방법. 거품이 적당히 있으려면 잔은 기름기 없이 깨끗이 닦여 있어야 한다. 전용 잔을 사용하는 것이 좋은데 유리잔 안쪽 표면에 미세한 틈이 많을수록 거품이 잘 생기며, 표면이 미끄러운 잔은 거품이 생기지 않는다. 잔이 길쭉한 형태일수록 거품이 잘 생기고, 더 큰 거품을 만든다.

맥주잔을 기울이지 않고 따르면 맥주가 잔에 닿는 면적이 좁아져 탄산을 많이 방출하면서 거품이 많아진다. 기울여서 따르면 잔에 닿는 면적이 넓어져 거품이 덜 나면서 탄산이 덜 빠져나온다. '엔젤링'이라고 하는 우리가 이상적으로 생각하는 거품 층의 높이는 2~3센티미터 정도이고, 거품과 맥주 비율은 2:8이다. 이렇게 따르려면 병은 90도로 기울이고 잔은 15도 정도 기울여, 잔 안쪽 벽면을 따라 흐르도록 천천히 따르다가 3분의 2 정도 찼을 때 잔을 세워서 따른다. 이렇게 하면 맥주 향을 지키면서도 입자가 작고 부드러운 거품 층을 만들 수 있다.

집에서 만든 케이크란 아무리 부스러기
투성이에 볼품없더라도 가게에서 사온 가장
반지르르하고 윤기 나는 케이크보다 늘
더 큰 의미를 가진다는 데 있다.

078

카라 니콜레티, 『문학을 홀린 음식들』(정은지 옮김, 뮤진트리, 2017)

베이킹은 집에서 혼자 시도하다가 실패한 뒤 클래스를 찾는 경우가 많을 정도로 초보자들에게 진입 장벽이 높다. 인정하고 싶지 않지만, 내 첫 케이크 또한 무척 볼품 없었다.

케이크 만들기에 재미를 붙인 뒤 한 번에 두세 판은 기본, 변형해서 5가지 케이크를 만들기도 했다. 이렇게 만든 케이크는 선물하는 기쁨이 크고, 받은 사람들의 반응이 좋을수록 신이 나 한동안 케이크 굽기를 멈추지 못했다.

뉴질랜드에서는 이모 집 앞마당에서 오렌지와 레몬을 따서 케이크를 굽기도 하고 제철 과일이 나오면 타르트도 구웠다. 50봉지 이상의 초콜릿을 사용해 가며 악마의 초콜릿 케이크 레시피를 완성하기도 했고, 레시피를 팔라는 제안까지 받았던 당근케이크는 여러 버전의 레시피를 갖고 있다.

케이크는 이제 일상의 디저트지만 감사를 전할 때, 축하할 때, 위로하고 싶을 때 큰 의미를 가진다. 그리고 누군가를 좋아하는 감정이 무르익었다고 느낄 때, 케이크를 굽고 싶어진다. 내 안의 몽글몽글한 감정을 주체할 수 없어서 자꾸만 달디단 케이크를 굽는다.

동물은 삼키고, 인간은 먹고, 영리한 자만이
즐기며 먹는 법을 안다.

079

장 앙텔므 브리야 사바랭, 『브리야 사바랭의 미식 예찬』
(홍서연 옮김, 르네상스, 2004)

1825년 출간된 『브리야 사바랭의 미식 예찬』은 미식을 다양한 일화를 곁들여 소개하는데, 당시 사람들의 생활과 생각을 파악할 수 있어 흥미롭다. 브리야 사바랭은 "음식을 먹는 즐거움은 동물이나 사람이나 같지만 음식의 조리, 장소의 선택, 회식자들의 참석을 위한 사전적 주의 등이 고려되어야 하는 식사의 즐거움은 사람만이 느낄 수 있으며, 좋은 식사를 한 뒤에는 신체와 영혼이 행복감을 얻는다"고 썼다.

『사피엔스의 식탁』에는 글린 아이작의 '음식 공유 가설'이 소개된다. 음식을 나눠 먹는 인류의 행위가 인류 진화에서 가장 중요한 요인이 됐다는 주장이다. 동물은 맛있는 음식을 발견하면 그 자리에서 만족할 때까지 먹어치우지만 원시 인류는 공동 거주지로 운반해 평화롭게 나눠 먹었다는 것이다. 요즘도 중요한 경제 활동은 식탁에서 이루어진다. 정치적으로 식사는 수단이 되며 연회에서 나라의 중요한 사안이 결정된다.

"테이블 세팅과 음악을 듣는 등 연출도 중요하다. 좋은 식사를 위한 네 가지 조건은 먹을 만한 음식, 좋은 포도주, 유쾌한 회식자, 충분한 시간이다"라고 한 브리야 사바랭에 동의한다. 좋은 사람들과 충분한 시간 동안 좋은 음식을 먹는 것은 행복에 굉장히 중요한 요인이다. 우리는 매일 먹는 식사의 즐거움을 간과하고 있는 것은 아닌지. 훌륭한 식사를 할 것이라 확신할 때 좋은 식욕을 갖는다는 것은 얼마나 즐거운 일인가.

어쩌면 진정한 행복이란 사랑하는 사람과 대화를 나누며 함께 훌륭한 음식을 나누는 것일지 모른다.

요리에 시간 들일 여유가 없을 때에는
굽거나 찌는 게 제일이야.

080

마쓰이에 마사시, 『여름은 오래 그곳에 남아』(김춘미 옮김, 비채, 2016)

급하게 요리를 해야 할 때, 차린 건 없지만 뭔가 있어 보이는 듯한 느낌을 주고 싶을 때는 찜 요리를 한다. 별다른 재료가 없을 때는 냉장고 속 재료를 이용해 핫 샐러드를 만든다. 안주로도 한 끼 식사로도 좋은 메뉴인데, 20분이면 충분하니 한번 시도해 보자.

감자·고구마·당근·마·양파·새송이버섯·브로콜리·콜리플라워 등 단단한 채소가 있다면 모두 사용한다. 양송이나 표고버섯 등을 넣어도 좋다. 먼저 감자·고구마·당근은 채소 솔로 깨끗이 씻는다. 이때 냄비에 물을 붓고 찜기를 올려 둔다. 단단한 채소와 나머지 재료를 한 입 크기로 모두 자른다. 손질이 끝나면 찜기에 김이 올라 있다. 이때 재료 중 단단한 채소를 먼저 넣고 5분 정도 익힌 뒤 나머지를 넣고 5~10분간 더 찐다. 이 사이에 소스를 만든다. 다시마 간장과 레몬즙을 넣어 섞은 소스(와사비를 더해도 좋다) 하나와 깨·마요네즈·식초·소금·꿀을 섞어 만든 소스 하나.

찜기가 없다면 이 재료들을 모두 올리브유에 버무린다. 알루미늄 포일로 봉지를 만들어 담고 가스레인지 위에 석쇠를 올린 뒤 약불로(중간에 한 번 뒤집어 준다) 15분 정도 익히면 찜과 같은 촉촉한 상태로 맛볼 수 있다.

요리할 시간이 부족할 때는 시간을 더더욱 낭비 없이 잘 사용해야 한다. 적절한 타이밍을 놓쳐 음식이 너무 오래 익거나 식어 버리면 그 요리는 실패다. 그러고 보면 요리도, 사랑도 타이밍이 중요하다.

"양파링 남은 것 좀 있어?"
"응, 조금."
그는 아내의 양파링 봉지에서 한 움큼의
양파링을 덜어내 자신의 봉지에 옮겨 담았다.
"그게 그렇게 맛있어?"
"응, 그냥."

장정일, 『너희가 재즈를 믿느냐?』(김영사, 2005)

파블로프의 개처럼 이 소설을 떠올리면 양파링 냄새가 먼저 떠오르며 침이 고인다. 아무리 맛있더라도 반복해서 먹는 성향이 아닌데도 『너희가 재즈를 믿느냐?』를 읽고 한동안 양파링 수십 봉지를 먹어치웠던 것 같다.

소설 속에서는 재즈 변주처럼 양파링이 감자깡이 되기도 하는데 감자깡마저 좋아하는 과자라 양파링을 끝내고는 바로 감자깡을 먹기도 했다.

당장 식탁에 올리고픈 마음이 드는 글을 쓰기란 생각보다 쉽지 않은데, 책이나 영화에 등장하는 음식이 참을 수 없게 먹고 싶은 때가 있다. 책 속에 나온 음식이 궁금해 여러 번 찾아본 『작은 아씨들』의 에이미가 먹던 라임 소금절임이 그렇고, 『말괄량이 삐삐』에서 삐삐가 만들던 팬케이크와 쿠키가, 『빨강머리 앤』의 초콜릿 캐러멜과 초콜릿 브라우니가 그랬다.

당시에는 그게 먹고 싶어서 못 견딜 지경이었고, 맛을 상상하며 나중에 이렇게 먹어 봐야겠다는 상상을 하기도 했다. 물론 상상으로만 남았어야 할 음식도 있었다.

일단 이 글이 끝나는 대로 바로 양파링을 사러 나가야겠다.

입이 짧아 가리는 음식이 많았던 나는
성장해 가면서 조금씩 낯선 음식과 식재료들에
대한 마음, 아니 혀의 문을 열기 시작했다.

정세진, 『식탐일기』(파피에, 2017)

초등학교 시절, 키가 크고 삐쩍 말랐던 나는 잔병치레가 잦았다. 가리는 음식도 많았는데, 중학생이 되면서부터 환경이 바뀌고 하나둘 가리는 음식이 줄어 가더니 자연스럽게 살이 붙었다.

유치원에서 초등학교로, 중고등학교로, 대학교로 그리고 사회로 나아가는 동안 내 울타리가 부딪히고 깨지면서 폭이 차츰 넓어졌다. 사회생활 속 자아가 정해지는 것과 비례해 나의 식습관도 형성되어 갔다.

혀로 문을 열기 위해서는 마음의 변화가 먼저다. 변화를 싫어하는 마음과 두려움을 마주하고 새로운 세계로 나가는 것이 우선이다. 아직 알아가야 할 식재료가 많은 것처럼 겪어야 할 수많은 일들과 선택들이 있으리라. 그리고 아직 중요한 단계가 남아 있다.

서로 다른 세계관과 식습관을 가진 두 사람이 만나 하나의 식탁을 완성하는 결혼. 두 세계가 만나 하나의 밥상을 마주할 때 그 안에서 겪을 수많은 부딪힘을 상상해 본다. 나눔과 배려가 가능할지 두려움이 앞선다. 결혼이라는 것은 결국 한 사람이 가져오는 바다 냄새와 다른 한 사람의 산 냄새, 서로 다른 두 우주가 만나 식구라는 하나를 위해 나아가는 과정일 테니.

요즘 세대는 당장 내일 라면을 먹더라도,
오늘 먹을 저녁은 훌륭한 한 끼를 즐기겠다는
생각을 가지고 있습니다.

SG다인힐 대표 박영식(『롱블랙』 인터뷰 중)

우리나라 최초의 파인다이닝은 1914년 조선호텔 팜코트에서 시작됐다. 이후 1980년대 신라호텔 라콘티넨탈, 힐튼호텔 시즌스, 일폰테 등이 생기며 특급 호텔 위주로 고급 외식 문화를 이어 갔다. 2000년대 후반부터는 해외에서 수련한 젊은 요리사들이 레스토랑을 열기 시작하면서 파인다이닝의 중심이 호텔에서 개인 레스토랑으로 옮겨 갔다. 파인다이닝은 상대적으로 소득이 높은 3040이 독점해 온 문화였다.

최근 파인다이닝을 찾는 20대들이 급격히 늘고 있다. 미쉐린 별, 푸드 앱 별점에 민감한 이들은 최소 몇 달 전 예약해야 하는 식당에 가기 위해 미리 약속을 잡는다. 분위기 있는 공간에서 음식을 즐기고 사진을 찍어 인스타그램에 공유하며 파인다이닝을 향유한다. 여러 곳에 가기보다 횟수를 줄여 한 번에 좋은 곳을 가는 게 낫다고 생각하는 이들에게 파인다이닝이란 사치가 아닌 가치와 취향에 투자한다는 의미를 갖는다. 취향은 경험에서 비롯되고 경험을 하지 않는 한 취향의 세계를 확장할 수 없다. 음식 역시 경험으로 알아야 한다.

신한카드 빅데이터 연구소에 따르면 특히 Z세대의 호텔 및 파인다이닝 소비가 대폭 증가했다. 나를 표현하는 수단으로 경험이라는 가치를 사기 위해 주저 없이 지갑을 여는 것이다. 『대학내일』 20대 연구소에서 실시한 "음식이 단순 끼니를 챙기는 것 이상의 행복 요소인가?"라는 설문에 64.7퍼센트가 그렇다(매우 그렇다 25.5퍼센트, 그렇다 39.2퍼센트)라고 답한 것과도 무관하지 않다.

그러한 지금의 20대 덕분에 트렌드는 그들이 자주 가는 편의점에서 고가의 위스키, 와인을 살 수 있게 변화하고 있다. 이들로 인해 식문화가 고급화되고 있고, 그 변화가 반갑다.

어린 시절의 행복했던 한때를 떠올리면
꼭 그때 먹었던 무언가가 떠오른다.
운동회 날 돗자리를 펴 놓고 먹었던 반반 치킨,
입학식 날 먹었던 돈가스, 목욕을 마치고
마시던 바나나우유. 어느새 지나가 버린
그때의 아름다운 장면은 당시를 추억하게 하는
'음식'을 통해 오감으로 되살아난다.

김민희, 『푸른 바당과 초록의 우영팟』(앨리스, 2021)

9년 전, 뉴욕의 메디슨 스퀘어 파크 '쉐이크쉑' 본점에 앉아 있었다. 나무는 초가을의 정취를 잔뜩 머금었고, 오후의 햇살은 적당히 따스했고, 가끔 가벼운 바람도 불었다. 지나는 사람들의 옷차림이 대부분 반소매 셔츠일 정도로, 야외에서 식사를 하기에 더없이 좋은 날이었다. 야외 테이블에 앉아 생애 첫 슈룸버거를 한입 베어 물었다. 버거 번의 달큼한 맛이 먼저 느껴지더니 어느덧 부드럽게 녹아들었다. 포토벨로 버섯 패티는 바삭하면서도 쫄깃했고, 그 위로 흐르는 치즈는 녹진하면서 적당히 기름졌다.

혼자 하는 식사였지만 민망하거나 초조하지 않았다. 그 순간을 최대한 오래 즐기고 싶어서 주위 사람들을 관찰하며 마지막 한입까지 천천히 버거를 먹었다. 뉴욕의 가을을 제대로 만끽했던 생애 첫 쉐이크쉑에 대한 기억이다.

2016년 한국에도 쉐이크쉑이 문을 열었지만 처음 몇 달간은 그곳을 찾지 않았다. 줄서는 게 힘들게 느껴지기도 했지만 왠지 좋았던 쉐이크쉑에 대한 기억을 깨고 싶지 않은 마음이 더 컸다. 이제는 가끔, 집 앞 쉐이크쉑에 가서 슈룸버거를 먹는다. 혼자 포토벨로 패티를 천천히 씹고 있자면 어렴풋이 그날의 뉴욕이 생각난다. 여기서도 맛있는 건, 그때의 좋았던 그 기억이 비밀 소스처럼 더해졌기 때문일 것이다.

요리는 흔적 없는 예술이다. 맛과 향, 식감과
생김새로 오감을 만족시킨다. 모든 식물의
특성이 달라, 같은 재료로 요리해도 매번
미묘하게 다른 맛이 난다. 레시피는 기록으로
남길 수 있지만 음식 자체는 매번 새롭다.
매끼가 유일무이한 식사가 된다.

편지지 외, 『비혼이고요 비건입니다』(봄름, 2022)

같은 레시피로 만드는 음식이지만 늘 조금씩 다르다. 매일 같은 상태의 재료를 살 수 없고 요리하는 공간의 온도와 습도가 다르고, 만드는 시간도 달라진다. 요리하는 사람의 기분도 다르다. 같은 메뉴지만 접시에 담기는 결과물은 늘 한결같지 않아서 요리는 매력적이다.

2021년 테이스트북스에서 번역 출간한 『얀 쿠브레 디저트와 플레이팅』의 원서 제목은 '에페메르'Éphémère이다. 프랑스어로 '일시적인, 임시의'라는 뜻으로, 먹기 직전까지만 존재하는 디저트와 플레이팅의 숙명을 표현한 제목이다.

매일 사라지기 위해 만들어지는 것이 음식이다. 우리는 이 한정적인 예술을 일상적으로 감상하고 만들고 소비한다. 음식과 다른 예술과의 차이점은 먹을 수 있어서 내 오감으로 느끼며 직접 몸으로 받아들일 수 있다는 것이다. 그렇기에 더 멋지지 않나.

우리는 매일 식탁 앞에서 찰나의 예술을 접한다. 일시적이며 한정적인, 찰나의 순간을 제대로 즐겨 보자. 그리고 찰나의 예술이 사라지기 전의 순간을 사진으로 담아 두는 것을 어색해하거나 불편해하지 말자.

계란 튀김 덮밥과 함께 튀김용 소스와 미소시루
그리고 갓 튀겨진 각종 튀김들이 놓였다.
"저기 이제 그만 주세요!"라고 말할까 고민할
정도로 새로운 튀김의 등장은 계속되었다.

임진아, 『아직, 도쿄』(위즈덤하우스, 2019)

후쿠오카·교토·오사카·오키나와·고베. 일본의 여러 도시를 다녔지만 열에 아홉은 도쿄를 찾았다. 철저히 도심 지향 여행을 하는 내게 도쿄는 최적의 여행지다. 국내에 유통되지 않는 식재료나 가공품 구입, 맛집 탐방, 요리책 및 그릇과 조리도구 쇼핑 등 미식에 초점을 맞춘다.

스시와 사시미를 즐기지 않는 나는 일본에 가면 튀김을 먹는다. 어릴 적 엄마는 집에서 자주 튀김을 만들어 주셨다. 새우·오징어·고구마 등 신선한 재료를 넣은 튀김을 자주 먹어서인지 아직도 튀김 요리를 좋아한다. 일본 요리에서 튀김은 라멘이나 국수, 밥 위에도 올라가고, 튀김이 메인 요리인 식당도 즐비하다. 미쉐린 스타 레스토랑부터 캐주얼한 튀김 정식집, 셰프 튀김 바, 활기찬 쿠시카츠● 집까지, 선택지도 다양하다.

미쉐린 스타 레스토랑의 예약이 힘들면 내가 원하는 것을 먹을 수 있는 셰프 바나 쿠시카츠 바를 선호한다. 이곳에서는 메뉴를 주문하지 않고 셰프가 알아서 튀겨 주는 것을 먹으면 된다. 하나씩 튀겨서 접시에 올려 줄 때마다 함께 먹을 소스를 알려 주는데, 소금에 찍어 먹는 신세계를 안 뒤로는 이제 간장을 찾지 않는다. 그만 달라고 할 때까지 40~50여 가지를 돌아가며 튀겨 주는 쿠시카츠 집. 채소와 고기, 해물 순으로 다양한 튀김을 먹지만 그래도 느끼해지는 순간이 있다. 이럴 때 맥주나 스파클링 와인을 마셔 주면, 신기하게도 다시 튀김 꼬치로 손이 간다. 이렇게 해서 무려 30개를 먹은 적도 있다.

스이카●●의 잔액 소진을 위해 조만간 긴자 덴푸라 콘도의 예약을 시도해 봐야겠다.

● 꼬치에 고기나 채소 등 튀김 재료를 꽂아서 튀긴 것.

●● 일본의 교통카드.

냉장고에 시원한 수박이 없는 여름은 추방이다.

양다솔, 『가난해지지 않는 마음』(놀, 2021)

여름휴가로 떠난 제주도에서 비를 만나 배를 타지 못했다. 호텔 근처의 서귀포 올레시장을 돌아다니다 수박 한 통을 사 왔다. 창밖으로 내리는 장대비를 바라보거나 TV를 보거나 잠을 자는 것 말고는 딱히 할 수 있는 게 없던 날. 칼도 없어서 수박을 자르지도 못했는데, 남자친구는 배탈이 났다면서도 숟가락으로 수박 한 통을 퍼먹으며 말갛게 웃었다.

수박이 눈에 자주 보이기 시작하면 본격적으로 여름이 왔다고 느낀다. 수박을 좋아하지만 여름에 수박을 사는 일은 고작해야 한두 번이 전부다. 마트에서 여러 번 수박 근처를 서성이며 살까 말까 망설이다 결국 사지 않는 경우가 열에 아홉이다. 수박은 1인 가구가 쉽게 살 수 있는 과일이 아니다. 냉장고에 수박이 들어갈 공간이 부족하기도 하고 그게 아니라고 해도 한 통을 사면 3분의 1도 채 먹지 못하고 물러져 버리기 일쑤다. 잘라서 주스로 먹는 데도 한계가 있고, 냉동하거나 건조할 수도 없다. 남은 것을 베이킹으로 활용하기도 곤란하다. 애플수박, 망고수박 등 미니 수박도 보이지만 아무래도 맛의 차이가 존재한다.

수박은 투박한 모습이 더 맛있게 느껴진다. 무심히 툭툭 썬 자연스러운 모양에 먼저 손이 간다. 화채에도, 빙수에도, 숟가락이나 스쿱으로 대충 떠서 제멋대로 올라간 수박이 더 먹음직스럽다. 그냥 먹어도 맛있지만 조금 색다르게 먹고 싶은 날에는 다음의 두 가지 방법으로 즐긴다. 하나는 수박을 숟가락으로 얇고 넓적하게 떠서 접시에 담은 뒤 연유를 뿌려서 디저트로 먹는 것. 그리고 계량스푼이나 작은 아이스크림 스쿱으로 수박을 뜬 뒤 페타치즈와 올리브유, 발사믹식초, 소금, 애플민트나 바질 등과 섞어서 샐러드로 만드는 것인데 와인 안주로도 훌륭하다.

올해 여름에는 몇 번이나 수박을 사게 될까.

나 역시 세심하게 당근을 골라내며 편식하던
아이였기에 언제부터 이런 집요한 애정을
가지게 되었는지 의문이지만, 확실히 식재료를
직접 다루어 보면 그전까지 가져 온 편견들이
줄어드는 것을 느낄 수 있다. 막연히 싫어해
오던 사람과 단독으로 대화해 보면 생각보다
많은 오해들이 풀리는 것처럼.

이혜미, 『식탁 위의 고백들』(창비, 2022)

몇 년 전만 해도 당근을 먹게 될 거라곤 상상조차 해 본 적 없다.

고등학교 때 당근을 많이 먹으면 가슴이 커진다는 얘기가 같은 반 친구들 사이에서 돌기도 했는데, 실제로 당근을 즐겨 먹는 친구들을 보면 하나같이 가슴이 커서 정말 그런가 싶은 생각이 들기도 했다. 그럼에도 당근을 먹느니 가슴을 포기하는 편이 낫다고 생각할 정도로 극도로 당근을 싫어했다. 카레·볶음밥·김밥·샐러드·탕수육……. 어디든 감초처럼 끼어 있는 당근은 제거 1순위 대상이었다. 심지어 라면에 들어 있는 작은 건조 당근까지도 집요하게 골라 내곤 했다.

당근을 먹게 된 게 언제부터였는지 정확히 기억나진 않지만 이제는 당근을 샐러드로 만들어 먹거나 디핑소스와 함께 생것 그대로 먹을 정도가 됐다. 당근을 많이 넣은 김밥도 맛있고, 익힌 당근도 더 이상 두렵지 않다.

편식을 줄인 탓일까. 전에는 관심 없던 사람, 직업, 취미를 새로운 시선으로 바라보게 된다. 음식이든 사람이든 이념이든 편식은 편견으로 발전하기도 하는데, 편견은 일종의 추론에 가깝고, 추론은 주관적인 경험에 의거한다.

편견을 버리고 편식을 하지 않기 위해 여전히 노력 중이다. 당근을 한 움큼 채 썰어 볶으면서 진짜 어른이 된 것 같아 흐뭇하다.

대부분의 요리사는 요리가 주인공이고
와인은 조연이라고 생각해요. 하지만
맛있는 와인에는 좀 더 경의를 표해야 해요.
와인도 같은 요리니까요.

드라마 『그랑 메종 도쿄』(츠카하라 아유코 연출, 2019)

와인을 식사에 곁들이거나 요리에 사용한 것은 고대 메소포타미아 시대부터라고 한다. 기원전 6000년경에는 포도씨, 항아리, 와인 만드는 기구가, 기원전 4000년에는 와인 용기 뚜껑으로 추정되는 유물이 조지아에서 발견됐다. 와인이 일반화된 것은 고대 로마시대인데 와인 제조법이 로마에서 유럽 전역으로 퍼지면서 이후 와인이 거의 모든 지역에서 사랑받게 됐다고 한다. 그 어떤 재료나 가공식품보다도 오랜 역사를 지닌 와인이 기호품으로만 취급 받거나 음식의 조연으로만 남는다는 건 억울하다.

와인은 단순하게 표현하기 힘든 수고와 노력이 집약된 생산물이다. 농사를 지어 포도를 수확하고, 여러 단계의 숙성 과정을 거친다. 테루아●에 의해 와인의 맛과 질이 결정되며, 품종에 따라, 숙성 정도에 따라, 만드는 방법에 따라, 생산 지역에 따라 각기 다른 아로마를 만들어 낸다. 적절한 오픈 시기를 기다리는 동안 갖가지 변수가 발생할 수도 있다. 이처럼 오래 공을 들여서 만들고, 그보다도 오랜 시간을 기다려야만 맛볼 수 있는 음식이 또 있을까. 시간과 인내가 필요한 음식이다.

영화 『부르고뉴, 와인에서 찾은 인생』에서 장은 이렇게 말한다.

"사랑은 와인과 같아. 시간이 필요해. 숙성이 돼야 하거든. 그래야 시간이 지나도 상하지 않지."

숙성이 잘된 훌륭한 와인을 구했다면, 주인공인 와인에 음식을 맞추자. 와인 생산자에 경의를 표하며 조연이 되는 간단한 음식을 더하자.

● 와인을 재배하기 위한 자연 조건이나 포도 품종 및 재배법을 총칭하는 프랑스어.

음식에 대한 사랑만큼 진실한 사랑은 없다.
There is no love sincerer
than the love of food.

090

조지 버나드 쇼

어떤 상황이 닥치더라도 영원히 변치 않는 마음.

진실한 사랑에 대한 지금의 내 정의다.

우리의 마음은 계속 흐른다. 상대의 불완전함을 볼 때, 달라진 환경 속에서, 그리고 내가 상처받지 않기 위해서.

부모의 자식 사랑보다 진실한 사랑이 존재할까. 어쩌면 음식을 향한 태도나 갈망만이 진실한 사랑일지도 모르겠다. 음식에 대해서만은 순수하고 한결같은 마음이니 말이다. 그런 음식을 나눈다는 것이 사랑이 아니고 무엇일까.

단 하나뿐인 냉면 속 삶은 달걀, 어묵탕 속 유부주머니를 선뜻 내어 주는 모습에서 사랑을 느낀다.

누군가와 식사를 하다 보면 그 사람에 대해
많은 것을 알게 된다. 이렇게 알게 되는 것은
그 사람의 이력서나 블로그에서 읽을 수
있는 것보다 더 진실하고 중요하다.

091

미셸 퓌에슈, 『먹다』(심영아 옮김, 이봄, 2013)

"당신이 무엇을 먹는지 말해 달라. 그러면 당신이 어떤 사람인지 말해 주겠다."

이 유명한 문장은 『브리야 사바랭의 미식 예찬』에 등장한다. 원래 의미는 먹는 음식을 보면 그 사람의 지위나 신분을 알 수 있다는 뜻이었다. 지금은 식습관을 통해 상대를 아는 것이 가능하다는 의미로 많이 언급된다.

한식은 특히 식사할 때 반찬을 공유하므로, 서로의 음식을 나눠 먹는데 장벽이 더 낮다. 식사를 하면서 상대방에 대해 더 알기 쉬운 문화다.

천천히 먹거나 빨리 먹는지 / 허기를 참지 못하는지 / 커트러리를 올바른 방법으로 사용하는지 / 맛있는 것을 혼자 독점하는지 / 상대방과 식사 속도를 맞추는지 / 식탐이 있는지 / 디저트를 중요시하는지 / 음식을 남기거나 남기지 않는지 / 음식물을 씹으며 대화를 하는지 / 편식을 하는지 / 특정 음식에 알러지가 있는지 / 도전 정신이 있는지 / 새로운 메뉴 주문에 거부감이 없는지 / 같은 메뉴만 고집하는지 / 소식을 하는지 / 술이나 음료를 곁들이는지 / 특정 음식에 중독됐는지

이런 습관들은 이렇게 인식되기도 한다.

행동이 느리다 / 참을성이 없다 / 친절하다 / 자기중심적이다 / 배려심이 있다 / 예의가 없다……

누군가를 빠르고 깊게 들여다보고 싶다면 함께 밥을 먹는 것이 가장 좋겠다. 반대로, 나를 읽히고 싶지 않다면 최대한 식사 자리를 미루는 것도 한 방법이다.

이미 몇백 년 전부터 영국과 벨기에 등에는
마이크로브루어리(소규모 맥주
양조장)가 있었다. 크래프트브루어리와
마이크로브루어리는 넓게는 같은 개념이지만
크래프트 맥주를 규정할 때는 '맥주 철학'을
조금 더 따진다.

강준만, 『인문학은 언어에서 태어났다』(인물과사상사, 2014)

2014년, 시애틀의 크래프트 맥주 브루어리들을 투어했다. 한 양조장에서 처음으로 사워맥주를 마셨는데 맥주가 맞나 싶을 정도로 강렬한 신맛에 깜짝 놀랐던 기억이 생생하다. 이후 우리나라에도 크래프트 맥주 붐이 일었고, 독특하면서도 수준 높은 맥주를 내놓는 곳들이 나날이 늘고 있다.

크래프트 맥주는 소규모 양조장이 전통적인 방식에 따라 만드는 맥주를 말한다. 대형 자본의 영향을 받지 않고 독립적으로 만들어진 맥주를 구분하기 위해 미국양조협회ABA에서 크래프트라는 단어를 붙였다. 소규모로, 연간 생산량이 7억 리터 이하이며 독립 자본으로 경영해야 한다(외부 자본은 25퍼센트 미만). 적어도 50퍼센트는 순수 몰트를 사용해야 하므로 올 몰트 비어이거나 첨가물이 50퍼센트 이하로 들어간 맥주는 크래프트 맥주라고 부를 수 있다. 다품종 소량 생산하며 재료의 배합에 따라 수만 가지 개성의 맛과 향, 색을 지닌다. '퀄리티를 타협하지 않을 것, 창의적으로 시도하고 노력할 것'이라는 철학은 크래프트 맥주의 핵심 가치다.

크래프트 맥주는 미국뿐 아니라 세계 문화로 자리 잡아 가고 있다. 우리나라 양조장은 2021년 기준 160여 개로 꾸준히 늘고 있고 해외 수출을 시작한 양조장도 있다. 개성 있는 맛과 패키지 디자인, 다양한 협업 등으로 자신만의 길을 걷는 감각적인 양조장과 크래프트 맥주가 꽤 눈에 띈다. 아직도 한국 맥주를 소주에 타 먹는 맥주로만 여기고 있다면 이제 편견에서 벗어날 때다.

2년 전부터는 거의 크래프트 맥주(특히 사워맥주)만 마시고 있다. 크래프트 맥주 책을 기획하기도 했고, 소개하고 싶은 좋은 맥주가 너무 많다. 한국에도 질 좋은 크래프트 맥주가 있으니 늘 마시던 맥주에서 벗어나 다양하게 즐겨 보기를!

인생이란 초콜릿 박스와 같단다, 포레스트.
뭐가 걸릴지 아무도 모르거든.
Life is a box of chocolates, Forrest.
You never know what you're going to get.

093

영화 『포레스트 검프』(로버트 저메키스 감독, 1994)

지금도 초콜릿 박스를 받으면 한 번도 본 적 없는 다른 세상을 엿본 듯 황홀해진다. 처음 마주했던 그날처럼 한없이 천진해지고. 아빠가 준 초콜릿 박스에는 마치 우주를 옮겨 온 듯 신비로운 모양과 컬러가 담겨 있었다.

20대 후반 회사를 그만둔 뒤 쇼콜라티에가 되면 어떨까 심각하게 고민한 적 있다. 벨기에·파리·뉴욕·런던 등 유명 초콜릿 숍을 다니며 다양한 초콜릿을 경험한 뒤 애호가로 남는 것이 좋겠다고 결정했는데 지금껏 후회는 없다.

초콜릿을 창의적으로 표현할 수 있는 극치는 필드 초콜릿(프랑스에서는 봉봉 쇼콜라, 벨기에는 프랄린이라고 부른다)이라고 생각한다. 필드 초콜릿은 견과류·술·버터·과일·차·크림 등 갖가지 재료에 초콜릿을 씌워 만든 것을 말한다. 질 좋은 코코아버터와 코코아매스 그리고 각종 천연 재료를 이용해 작은 초콜릿 하나에 맛·모양·컬러 등 창작자가 의도하는 모든 것을 표현할 수 있는 창의적인 예술의 세계다. 그리고 이 필드 초콜릿이 담긴 것을 '초콜릿 박스' 또는 '어소티드 초콜릿'이라고 부른다.

초콜릿 박스에는 한 개도 같은 게 없다. 화려한 색만 보고 덥석 베어물었다가 전혀 다른 깊은 씁쓸한 맛에 놀랄 수도 있고, 소박한 모양과 달리 계속 생각나는 매력적인 맛에 감탄할 수도 있다. 동전만 한 10그램짜리 초콜릿 한 개가 구현하는 세계란 깊고 다양하다.

연말이 되면 나를 위한 초콜릿을 한 상자 산다. 내년에는 내게 어떤 일이 기다리고 있을지 설레며 상자를 연다.

와인은 휴가의 맛이라고 생각해요.
연휴라고 해야 하나?

094

영화 『퍼펙트 페어링』(스튜어트 맥도널드 감독, 2022)

와인을 설명하고 표현하는 데 뛰어난 감각을 지닌 이들이 있다. 영화 『퍼펙트 페어링』의 롤라가 그렇다.

“전 이 레드 버건디로 세계를 여행할 수 있답니다. 따스한 가을날 디종 어딘가의 저택 정원에 앉아 있는 기분이죠. 이걸 마시면요.”

와인 테이스팅은 오감을 이용해 와인의 품질과 맛을 분석하고 평가하는 것인데, 아래의 순서에 따라 와인을 평가해 보자.

1 라벨을 읽고 와인을 잔에 3분의 1보다 적게 따른다.

2 와인의 색, 투명도 등을 빛에 비춰 본다. 색의 짙고 옅음, 점성, 농도에 따라 산도, 타닌, 보디감 등을 어느 정도 파악할 수 있다.

3 서서히 흔든 뒤 내벽에 흘러내리는 와인을 관찰한다. 천천히 떨어지며 미끈거리면 알코올 함유량과 당도가 높은 것이다.

4 잔을 들어 1차로 향을 깊게 들이마신다. 포도 품종을 가늠해 본다.

5 와인 잔을 몇 차례 돌려서 공기와 접촉시킨 뒤 2차로 향을 맡는다. 양조 과정에서 숙성이 잘 됐는지 파악한다.

6 와인 잔을 돌려서 3차로 향을 한 번 더 맡는다. 병 숙성 과정에서 생긴 향은 무엇인지, 결점이 있는지 찾아본다.

5 와인을 3초 정도 머금은 뒤 삼킨다. 혀에 닿는 촉감을 느껴 본다.

6 공기를 입으로 빨아들이면서 한 번 더 10초 정도 마신다. 점성을 본다.

7 와인을 삼킨 뒤 맛을 평가한다. 당도, 산도, 타닌, 알코올, 보디, 풍미, 여운(피니시) 등을 파악해 본다.

괴테는 “나쁜 와인을 마시며 살기에는 인생이 너무나도 짧다”고 말했다. 행복해지고 싶은 오늘, 롤라가 추천하는 ‘휴가의 맛’ 와인을 마시고 싶다.

생선 요리는 입에 잘 대지 않는다.
뭐랄까, 스스로 가시를 발라서 생선을 먹는
일은 할머니가 챙겨 주실 때만큼 맛있지도
않고 귀찮기만 하다. 그러나 거리를 걷다가
우연히 생선구이집 간판을 볼 때나 어디선가
생선 굽는 냄새가 풍겨올 때면 할머니의
손길이 떠오른다. 사람이 사랑을 받는 게
어떤 것인지를 생각하곤 한다.

김동영, 『우리는 닮아가거나 사랑하겠지』(달, 2022)

TV 프로그램『나는 솔로 그 후, 사랑은 계속된다』에서 4기 영숙은 정식에게 설렜던 순간이 간장게장집에서 게살을 먹기 좋게 발라 주었을 때라고 말했다.

만난 지 얼마 안 된 상대와 식사를 하러 갔을 때 사소한 순간에 설렐 때가 있다. 냅킨 위에 가지런히 숟가락과 젓가락을 놓아 줄 때, 내 앞으로 좋아하는 반찬을 가까이 밀어 줄 때, 음식을 먹기 좋게 잘라 줄 때, 맛있어 보이는 것을 먼저 내 그릇에 얹어 줄 때. 나를 향한 상대의 배려와 마음이 느껴져 두근거린다.

생선이나 새우 요리를 잘 먹지 않는다. 일일이 가시를 발라내고 손에 비린내를 묻히는 것을 감수하느니 먹지 않는 편이 낫다고 여긴다.

그는 밥을 먹을 때마다 마치 어린 딸에게 하듯 새우도, 생선도, 갈비찜도 모두 먹기 좋게 껍질, 가시, 뼈를 발라 밥그릇이나 개인 접시에 얹어 주곤 했다. 그와 헤어진 이후로 다시 생선이나 새우를 멀리하게 됐다. 어느 날, 식사를 하던 상대방이 반찬을 슬쩍 자기 쪽으로 끌어 가는 모습을 봤다. 이런 사람을 만나기 위해 그 사람에게 상처를 줬을까, 갑자기 눈물이 왈칵 쏟아질 것 같아 눈가를 꾹 눌러야 했다.

사랑받고 있음을 아는 건 직설적인 고백이나 애정 표현으로부터가 아니다. 내 밥 그릇 위에 먹기 좋게 놓인 새우를 보는 사소한 순간들이 차곡차곡 쌓여 갈 때 문득 깨닫게 되는 것이다.

후추는 동서양의 거의 모든 요리에
들어가는 기본양념이에요. 세계 어느 나라
슈퍼마켓에서도 값싸고 손쉽게 구할 수 있지요.
하지만 옛날 로마 제국에서는 검은 황금으로
불릴 만큼 후추가 비쌌대요.

096

김향금, 『세계사를 바꾼 향신료의 왕 후추』(웅진주니어, 2015)

후추의 매운맛은 껍질에 있고, 향은 알맹이에 있다. 후추를 통째로 사용하면 향은 느끼기 힘들고 껍질을 벗기면 매운맛이 덜하다. 그라인더나 절구에 갈거나 으깨서 먹어야 후추의 맛과 향을 제대로 느낄 수 있다.

일상적으로 사용하는 후추가 꽤 많다. 흑후추·적후추·백후추는 각각 그라인더에 넣어서 사용한다. 작은 알갱이의 펄 화이트와 펄 레드, 소금에 절인 녹후추와 적후추·롱블랙·핑크페퍼는 밀폐용기에 보관하며 그때그때 절구에 빻아서 사용한다. 여기에 순후추까지, 총 10종의 후추를 쓴다. 후추는 파우더 타입이 되면 특유의 향은 잘 느끼기 힘들고 매콤한 맛만 나지만, 한식에는 순후추가 잘 어울려서 놓칠 수 없다.

스모키한 흑후추는 굵직한 알갱이째로 수육이나 피클 등에 넣어 잡냄새를 제거한다. 단맛과 과일향이 나는 적후추는 거칠게 절구에 빻아서 새우·닭고기·립·스테이크를 잴 때 넣는다. 햄·사퀴테리·치즈·감자튀김·오믈렛·감바스 등에는 백후추 또는 흑후추를 마지막에 듬뿍 뿌린다. 펄후추는 바닐라아이스크림 위에 질 좋은 올리브유와 함께 뿌려 먹기도 한다. 강렬한 맛의 소금에 절인 녹후추는 절구에 빻아서 부라타치즈에 올리고 올리브유와 모데나 산 DOP 발사믹식초만 뿌려 주면 그 자체로 훌륭한 요리가 된다. 갓 수확한 신선한 롱블랙과 펄레드, 핑크페퍼는 손으로 살짝 으깨서 와인 안주로 그대로 먹거나 치즈나 햄에 곁들인다.

서양에는 '솔트 앤드 페퍼'라는 관용구가 있을 정도로 요리에는 소금과 함께 후추를 넣는 것을 기본으로 여긴다. 후추 하나로도 음식의 비주얼을 업그레이드할 수 있으니 요리 실력을 한 단계 높이고 싶다면 다양하게 활용해 보기를.

우리는 보통 샴페인을 화려한 이벤트를
위한 술로 알고 있지만, 기본적으로는 식사에
곁들여 마실 때 그 진가가 더욱 발휘되는
와인입니다. 샴페인의 가벼운 산도가 상쾌함을
부여해서 식사를 시작하기 전에 미각을
돋워 주기 때문이죠.

문성준, 『와인, 예술, 철학』(새잎, 2017)

10년도 훌쩍 넘은 일이다. 파리에서 150킬로미터 정도 떨어진 샹파뉴 지역의 샴페인 생산지 랭스에서 샴페인 하우스 투어 중이었다. 멈, 모엣샹동, 크룩, 뵈브클리코 등 평소에 마시던 샴페인의 저장고를 둘러보며 양조법을 듣고 테이스팅 했는데 일행 중 한국인은 나 혼자였고, 동양인조차 드물었다.

우리는 보통 샴페인을 특별한 날 마시는 특별한 술로 인식한다. 그런데 샴페인은 식사와 즐기기 좋은 테이블 와인이기도 하다. 억대를 호가하는 샴페인이 있는 반면 5만 원대 샴페인도 있다.

내게 샴페인은 미각을 넘어 공감각적인 경험을 준다. 무더운 날 마시는 일요일 오후의 샴페인은 순간 나를 휴양지로 이동시켜 준다. 금요일 밤에 잘 차린 음식과 샴페인을 즐기면 뉴욕의 파인다이닝이 부럽지 않다.

우리는 샴페인을 좋아했다. 크리스탈이 마시고 싶었고, 공돈이 생겨야만 살 수 있을 것 같아 남자친구와 강원랜드로 달려간 적도 있다. 물론 크리스탈을 사고도 남을 만한 돈이 룰렛 몇 판과 함께 사라졌지만 말이다. 정작 크리스탈은 몇 년 뒤 내가 생각나서 샀다던 지인 모임에서 맛볼 수 있었지만 기대만큼 감흥이 있진 않았다.

샴페인은 풀 보디부터 라이트 보디까지, 엑스트라 브뤼부터 섹•까지로 구분할 수 있다. 가벼운 보디의 샴페인은 식전주로 좋은데 차갑게 해서 해산물이나 가벼운 음식과 마시면 잘 어울린다. 미디엄 보디는 가장 편하게 마실 수 있는 샴페인이라 채소와 닭고기, 치즈 등 어떤 음식과 매치해도 좋다. 풀 보디는 고기, 양념이나 소스가 무거운 음식과도 궁합이 괜찮다.

참, 샴페인은 무조건 달지 않은 브뤼를 고르자. 달달함은 마시는 사람과 더해도 되니 말이다.

• 브뤼(brut)와 섹(sec)은 샴페인의 당도를 나타내는 단위로, 단맛이 적은 쪽이 브뤼이다.

이 세상에 백 가지 감정과 기분이
있다면, 홍차는 모든 걸 끌어안아 줄 것
같습니다. 한 잔에도 그만큼이나 다채로운
맛과 향을 담고 있어서요.

098

맥파이앤타이거, 『우리가 매일 차를 마신다면』(휴머니스트, 2021)

한동안 홍차에 빠진 적이 있다. 전 세계 홍차를 다 마셔 볼 기세였다. 런던·파리·뉴욕·싱가포르·일본. 흥미로운 홍차를 발견하면 그 브랜드의 티하우스와 티숍을 찾아가야만 했다. 향에 끌려서, 패키지에 매료되어, 라벨이 맘에 들어서, 신상이나 한정판이 나와서. 사고 또 샀다. 잎차에서 티백으로, 다시 잎차로. 취향의 파도도 여러 번 요동쳤다. 구입한 차를 감당 못해 뚜껑조차 열지 않은 채 상미기한이 지났고, 한두 개 꺼내 마시고 남은 티백은 그대로 쌓아 두다 버리기 일쑤였다. 한바탕 폭풍이 몰아치고 난 지금은 홍차를 종종 즐기는 애호가라고 할 수 있겠다.

가장 좋아하는 홍차는 얼그레이다. 크림 얼그레이·프렌치 얼그레이·레이디 그레이·얼그레이 클래식·카운티스 그레이·얼그레이 프렌치 블루·스모키 얼그레이·얼그레이 인 젠·미드나이트 그레이·얼그레이 블루 스타·35 얼그레이·얼그레이 인텐스…… 100여 종의 얼그레이를 마셨지만 같은 맛은 하나도 없었다. 얼그레이는 홍차에 베르가못의 꽃과 잎, 오일 등을 첨가한 대표적인 가향 차다. 입문용으로도 좋지만 고수들도 놓칠 수 없다. 차 브랜드마다 얼그레이는 빠질 수 없으며 대표 상품으로 내놓기도 한다. 얼그레이를 처음 접한다면 먼저 따뜻하게 즐겨 보기를 권한다. 시원하게 마시면 차가움에 가려 특유의 향이 온전히 느껴지지 않는다.

내게 커피가 사람들과 어울리기 위한 음료라고 한다면, 홍차는 오직 나만을 위한 음료라고 할 수 있다. 생각을 정리하고 싶을 때, 에너지가 필요할 때, 위로 받고 싶을 때, 나른할 때, 몸을 덥히고 싶을 때, 느긋이 쉬고 싶을 때. 나는 물을 끓인다. 얼그레이가 우러나는 동안 잠시 멈춰 서서 그저 공간을 채우는 향을 맡고 찻물이 스르르 짙은 오렌지색으로 번져 가는 것을 본다.

내추럴 와인이 뭐예요?
그럼 지금까지 내가 마신 건
내추럴이 아닌 거예요?

신이현 외, 『인생이 내추럴해지는 방법』(더숲, 2022)

내추럴 와인을 제대로 알고 싶어서 2022년 WSA아카데미에서 진행한 내추럴 와인 마스터클래스를 수료했다. 내추럴 와인을 간단히 말하면 첨가물이 없거나 거의 없는 와인을 말한다. "그렇다면 이제까지 와인에 첨가물이 들어갔다는 말인가?"라고 다시 물을 것이다. 나 또한 법적으로 허용된 와인 첨가물에 대해 이 수업을 통해 제대로 알게 됐다. 설탕은 기본이며 황산구리·오크 칩·달걀 흰자·우유·이스트·젤라틴·숯가루·사카로스, 심지어 비타민C가 들어가는 와인도 있었다!

내추럴 와인은 프랑스를 중심으로 전통 와인 제조 방식으로 회귀하자는 운동이 일어나면서 최근 재조명됐다. 포도를 손으로 수확하는 것을 권장하며 유기농 포도와 자생 효모를 사용하고 아주 적은 양의 이산화황(1리터당 30밀리리터)만 허용한다. 그 외에는 어떠한 첨가물도 넣지 않는다. 와인이 만들어지는 과정을 투명하게 공개하며, 환경 보호와 지속 가능성에 대한 확고한 철학을 중심에 둔다. 참고로 내추럴 와인이 아닌 것을 컨벤셔널 와인이라고 부르는데 일정 수준 이상의 규모를 갖춘 기업에서 생산되는 와인을 말한다.

내추럴 와인은 와인 애호가나 셰프들 사이에서도 여전히 논란의 대상이다. 산미가 강한 특유의 맛이나 상대적으로 비싼 가격 등에 저항감을 갖는다. 하지만 컨벤셔널 와인보다 더 깊은 맛과 풍미를 보이는 내추럴 와인도 분명히 존재한다.

트렌드에 편승하는 것보다 지금의 솔직한 내 입맛을 인정하는 게 먼저다. 그걸 알려면 시간과 소비를 통한 경험이 필요하다. 그 과정을 통해 내 취향을 알아 가게 되고, 시간이 지난 후 전혀 다른 취향을 갖게 될 수도 있다. 내추럴 와인만 마시는 지금의 나처럼 말이다.

어떤 음식을 좋아한다는 것은 마치 어떤
음악을 좋아한다는 것과 비슷하다. 어떤
사람은 푸아그라와 모차르트, 햄버거와
밥 말리를 좋아하고, 또 어떤 사람은 단식과
고요한 정적을 더 좋아한다.

도미니크 로로, 『소식의 즐거움』(임영신 엮음, 바다출판사, 2014)

소개팅을 하거나, 호감이 가는 이성을 만났을 때 빠지지 않는 단골 질문이 있다.

"어떤 음식을 좋아하세요?"

은연중에 우리는 상대방과 내가 서로 맞을지 본능적으로 질문을 던지는 것이다.

일어나서 잠들 때까지, 정적 속에 있는 시간이 거의 없이 끊이지 않고 TV를 보거나 음악을 듣는 내게 가령 '인기가요 100'과 같은 플레이리스트를 들어야 하는 상황이 닥친다면, 그건 고문이나 다름없으리라. 마치 억지로 고등어회나 날달걀을 먹어야 하는 것처럼 말이다.

음악과 음식은 취향이 서로 맞지 않으면 고통스러울 수 있다는 점에서 일맥상통한다. 재즈를 듣는 사람과 트로트를 좋아하는 사람이 한 공간에 머물기 힘든 것처럼, 비건과 고기를 즐기는 사람의 조합은 생경하다.

예전에 너무나 잘 어울릴 것 같은 남녀를 소개팅해 준 적이 있는데, 두 번 세 번, 만남의 횟수가 이어져 사귈 듯싶다가 더 나아가지 못했다. 남자는 "내가 이 나이에 평생 고기를 못 먹고 살아야겠냐"며 그녀가 채식주의자였던 것을 중요한 이유로 꼽았다. 때로 종교적인 신념보다 음식에 대한 호불호가 서로의 사이를 크게 방해하기도 한다.

음식의 말들
: 맛볼수록 넓어지는 세계에 관하여

2023년 06월 24일 초판 1쇄 발행

지은이
김도은

펴낸이
조성웅

펴낸곳
도서출판 유유

등록
제406-2010-000032호(2010년 4월 2일)

주소
경기도 파주시 돌곶이길 180-38, 2층 (우편번호 10881)

전화
031-946-6869

팩스
0303-3444-4645

홈페이지
uupress.co.kr

전자우편
uupress@gmail.com

페이스북
facebook.com/uupress

트위터
twitter.com/uu_press

인스타그램
instagram.com/uupress

편집
사공영, 김정희

디자인
이기준

조판
정은정

마케팅
전민영

제작
제이오

인쇄
(주)민언프린텍

제책
다온바인텍

물류
책과일터

ISBN 979-11-6770-064-3 03810

걷기의 말들

일상이 즐거워지는 마법의 주문

마녀체력 지음

걷기 시작하며 인생이 바뀌었다고 이야기하는 마녀체력의 걷기 예찬서. 생각해 보면 걷기는 인간의 모든 의미 있는 행위를 상징하는 메타포다. 길을 가다, 나이를 먹다, 경력을 쌓다, 인생을 살다, 일어나다, 계속하다, 경험하다, 시도하다와 같은 단어들이 모두 '걷다'란 말로 환언된다. 그런 만큼 저자는 이 책에서 그간 걸어 온 수많은 길을 소환한다. 두 발로 걸어 다닌 집 앞 산책길과 전 세계 도보 여행지부터 30년 넘게 서로의 곁을 지켜 준 반려인과 함께 걸은 인생이라는 길. 엄마로서 아이에게 열어 보여 준 길과 딸로서 보고 배운 두 어머니의 한결 같은 삶. 책 만드는 편집자로 27년을 일하며 경험한 다채로운 지적 여정과 책 쓰는 작가로 살며 거닌 전국 책방 탐방길. 탄탄한 평지뿐 아니라 오르막과 내리막을 번갈아 타며 길 위에서 보고 느낀 모든 것을 담아냈다.

드라마의 말들

현재를 담아 미래를 비추는 거울

오수경 지음

시청자보다는 깊이, 평론가보다는 가볍게 드라마를 보면서 마치 책 읽듯 드라마를 감상해 온 '드라마 관찰자'의 기록. 드라마는 오랫동안 사랑받아 온 가장 흔한 대중문화이자 우리 사회를 가장 입체적이고도 재빠르게 재현하는 솔직한 장르다. 드라마 속에는 우리의 과거현재미래가 담겨 있다. 그런 의미 있는 드라마들을 되짚어 보며 드라마가 가져다준 일상의 위안, 깨우침의 순간, 성장의 계기들을 이야기한다.

번역의 말들

읽는 사람을 위한 번역 이야깃거리

김택규 지음

원서와 옥신각신 씨름하며 무수한 선택의 갈림길 앞에서 온전히 자신의 감각과 판단력을 믿고 나아가야 하는 언어기술자의 일일. 25년 차 베테랑 번역가가 60여 권의 책을 번역하며 연구해 벼린 통찰을 그득 담았다. 원서라는 미지의 세계를 개척하는 이의 분투기이자, 언어와 언어 사이를 기꺼이 헤매기로 결심한 첫 번째 독자의 번역 이야깃거리다.

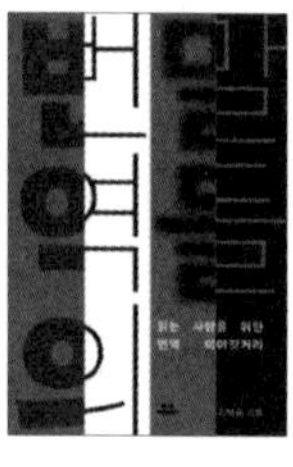

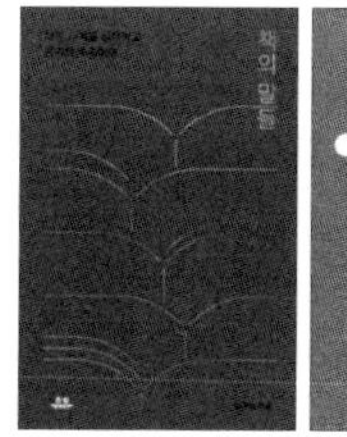
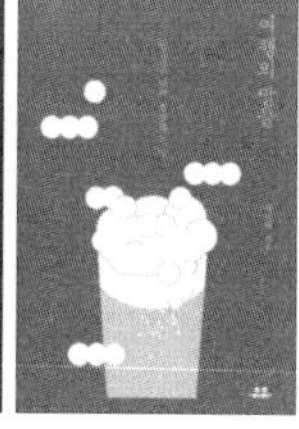

책의 말들

다른 세계를 상상하고 공감하기 위하여

김겨울 지음

누구보다 먼저 눈에 띄는 신간을 발견하고 함께 읽자고 퍼뜨리는 성실한 독자, 책 읽는 사람은 물론 읽지 않는 사람까지 책의 세계로 끌어들이는 작가 김겨울이 자신을 책 가까이 머무르게 한 글과 장서를 엮어 내놓은 독서 에세이. 대중에게 김겨울은 '말하는 사람'이자 책과 독서를 '보여 주는 사람'으로 자리매김했지만, 이 책에서 김겨울은 '읽고 쓰는 사람'으로서 그간 대중에게 내보인 말과 행동 이면에 묻어 둔 생각을 100권의 책을 통해 풀어 놓는다. 책 좋아하는 이들은 물론 갈수록 책과 멀어지고 있는 이들, 주변 사람들을 책의 세계로 끌어들이고자 하는 이들 모두에게 유익한 자극을 준다.

여행의 말들

일상을 다시 발명하는 법

이다혜 지음

베테랑 기자, 탁월한 작가, 용감한 팟캐스터 그리고 무엇보다 오롯한 '여행자'인 출판계의 올라운더 이다혜가 찾아 낸 다른 삶의 가능성으로서의 여행에 대한 이야기다. '인생을 바꾸기 위해 떠나는 게 아니라 매일을 잘 살아 내려고 떠난다'는 작가에게, 여행은 다른 삶의 가능성을 높이는 시도로 자리한다. 이 책은 자신을 잘 돌보며 맡은 일을 잘 해 내는 데 현실적이고 솔직한 조언을 해 온 작가가 터득한 믿음직한 여행의 기술을 바탕으로 이야기하는 '매일을 잘 사는 법'이다.

돈의 말들

내일도 내 삶의 주인이 되기 위하여

김얀 지음

돈 공부로 인생이 달라졌다고 이야기하는 김얀 작가가 돈 공부를 시작한 뒤 읽은 수백 권의 책 가운데 실질적인 도움을 얻은 100권의 책에서 한 문장씩을 가려 뽑아 엮은 책. 단순히 돈 버는 법보다는 돈에 관한 지식과 태도에 초점을 맞춰 자산가와 사업가, 세계적인 대부호들이 돈을 어떻게 대하는지 보여 준다. 돈 앞에 작아지고 돈 이야기에 걱정부터 하며 가급적 돈 생각하지 않고 살고 싶은 독자, 그럼에도 한번쯤 돈 공부를 해 보고자 하는 독자라면 가장 필요한 참고서들을 분야별로 만날 수 있을 것이다.